長編小説

古民家で戯れて

〈新装版〉

霧原一輝

竹書房文庫

目次

第一章　古民家での初夜

1

三月、信州の田舎《いなか》はまだ寒《かん》が残っている。

築百十年の古民家の居間に設けられた囲炉裏《いろり》に南部鉄瓶《なんぶてつびん》をかけて、黒木廉太郎《くろきれんたろう》は、膝を崩して座っている妻の冴子《さえこ》にちらりと視線をやった。

冴子がその視線に気づいて、面はゆそうに廉太郎を見る。

今年五十二歳になる廉太郎は、七年前に長年連れ添っていた妻を癌《がん》で亡くし、会社のパーティで知り合った冴子と二年前に再婚をした。

冴子は現在三十八歳で、廉太郎とは十四歳の差がある年の差婚だった。

女性は四十路《よそじ》に近づくにつれて、若い頃とは違う女の艶《なまめ》かしさが出てくるものらしい。


こうやって囲炉裏を挟んで向かい合っていても、スカートからのぞく少し開いた膝の内側のむっちりとした太腿《ふともも》の張りや、伸縮素材でできたセーターをこんもりと盛りあげた胸のふくらみに、ついつい視線がいってしまう。

「どうだ、この家は？」

「冬は寒そうだけど、夏は涼しそうだわ」

冴子が当たり障《さわ》りのない返事をして、囲炉裏にかかっていた鉄瓶に漬けてあった二合徳利《とっくり》を取り出した。温度を確かめて、

「ちょうどよさそう」

近づいてくる。

廉太郎が湯呑みを差し出すと、徳利を傾ける。

「ああ、ありがとう。冴子も……」

冴子の持った湯呑みに、熱燗《あつかん》を注いだ。

「まだ、酒を呑む時間じゃないけど、今日くらいいいだろう。引っ越し、お疲れさま。今日からここが二人の家だ。いろいろと苦労はあると思うが、よろしく頼むよ」

廉太郎が湯呑みを掲げると、冴子も同じように湯呑みをあげて、微笑《ほほえ》んだ。

冴子は、映画女優の若尾文子《わかおあやこ》を彷彿《ほうふつ》とさせる日本的美人である。

バツイチだが、成城《せいじょう》に豪邸を持つ社長の長女であり、一度結婚を失敗しているにせよ、自分のような冴えない中年男と再婚してくれたことが、いまだに不思議でしょうがない。

廉太郎が熱燗を啜《すす》る間に、冴子はこくっと喉を控え目に鳴らして、湯呑みから口を離し、

「ああ、美味《おい》しいわ……」

心から幸せそうな顔をする。

冴子が酒がイケる口であることはつきあっている間にもわかっていたが、酒豪と言ってもいいほどに酒好きであるのを知ったのは、結婚してからだ。

「一応荷は解いたけど、まだまだしなくちゃいけないことがあるから、しばらくはゆっくりと家の片づけをしようか」

「そうねえ……台所も大変そうだし」

「ああ……申し訳ないな。前のキッチンと較べると、随分と使いにくそうだものな」

廉太郎は、冴子の湯呑みに、少し温《ぬる》くなった熱燗を注ぎ足す。

『田舎暮らし』に廉太郎が興味を持ったのは、四十歳を過ぎてからで、当時はまだ亡

妻も元気で、息子も家にいた。

都会でのぎすぎすした生活がいやで、将来は田舎暮らしをと、当時から様々な媒体を利用して、調べていた。

やはり、引っ越すなら信州のこのあたりが適している、などと考えているときに、妻が癌で亡くなり、田舎暮らしの夢はついえたかに見えた。

しかし、息子が大学を卒業して大阪の企業に就職し、その後、冴子と再婚した。

そして、長年勤めていた家電メーカーが不況のあおりでリストラをはじめ、早期退職者を募《つの》ったとき、廉太郎のなかでふたたび田舎暮らしの夢が頭をもたげてきた。

早期退職して、これまでの預金と退職金で地方に家を持ち、のんびりと暮らしたいという夢を打ち明けたところ、冴子は「いいんじゃないの」と賛成してくれた。

それで、信州の古民家をさがし、同時に『竹細工《たけざいく》』の勉強をした。この地方には材料になる真竹《まだけ》が多く、廉太郎も物作りが好きだった。

半年前に会社を辞め、この古民家に移り住むことに決めた。広い屋根裏部屋のあるこの地方特有の平屋の木造建築である。

村おこしとして、役場が移住者に数々の特典を用意していたことも、決め手となった。

びっくりするほどの廉価《れんか》で、裏庭の竹林を含んだ広い土地付きの古民家と近くに畑を購入し、冴子と相談しながらリフォームをし、今日、とうとう引っ越してきた。

築百年を越えた家は、納屋《なや》のリフォームはまだこれからだが、あとの改築は終わっていた。

「役場の渕上《ふちがみ》さん、今日、いらっしゃるの？」

隣のコーナーに座った冴子が、左側から廉太郎を見た。

V字にひろがった白いセーターからのぞく胸元から首すじが、酔いでほんのりと赤くなっている。

「渕上さん、夜に来るって言ってたな」

渕上庄司《しょうじ》は村役場の開発課に勤める二十八歳の遣《や》り手で、家さがし、リフォーム、竹細工の販売ルートの確保まで、何かと世話になった。

「そう……じゃあ、まだ時間はあるわね」

目尻に謎めいた笑みを浮かべて、冴子が廉太郎の隣ににじり寄ってきた。

「あなた……」

甘えた声を出して、廉太郎に身を寄せてきた。

左腕に、セーター越しに胸のふくらみを感じて、廉太郎はどきりとする。

この数カ月、冴子と身体を合わせていなかった。

冴子の肉体が恋しくなかったわけではない。

下半身の肝心なものが言うことを聞かなかったのである。

結婚したては、絶好調だった。

冴子はお嬢様のわりには、秘められた性欲は強く、セックスが大好きだった。

そして、しばらくぶりに自由になる女体を得た廉太郎は、五十路《いそじ》なのになぜこんなに、と自分でも不思議に思うくらいに、ムスコの元気が良かった。

だが、会社の早期退職や古民家さがしに神経をつかい、それがストレスになったのか、はたまた、会社勤めの傍《かたわ》らで竹細工を学んでいたので、その疲労が出ているのか、あれが次第に元気を失《な》くしていった。

二度つづけて失敗したら、もう駄目だった。

また勃《た》たないのではないかという不安が先に来て、分身がすぐに元気にならないと、やっぱりダメかもしれないという焦りが募り、結局、結合できるまでには勃起しなかった。

冴子の濃厚なフェラチオを受ければそれなりに硬くはなるものの、いざというときにはすでに力を失うという状態がつづき、ついには廉太郎自身も冴子も匙《さじ》を投げた。

しかし、ようやく引っ越しも済み、この新しい環境のなかでなら、分身も復活するのではないか、という期待もあった。

冴子もおそらく同じ思いであることは、そのしどけない所作《しょさ》でわかった。

「ちょっと待ってろ」

廉太郎は立ちあがり、居間の東南に立ててある廊下との境の雪見障子《ゆきみしょうじ》を閉め切った。

戻ってきて、炉端《ろばた》の長座布団《ながざぶとん》に胡座《あぐら》をかくと、冴子がもう待てないとばかりに身を預けてくる。

「あなた……」

鼻にかかった声で耳元で囁《ささや》き、廉太郎の手をつかんで、胸元に導いた。

（ああ、この感触……）

ひさしぶりに味わう乳房の豊かな弾力だった。

セーターの裾《すそ》から手をすべり込ませた。たわわなふくらみをブラジャー越しに感じながら、やわやわと揉《も》むと、

「ああん……あなた、わたしもう……」

冴子は頭を垂れて、汗ばんだ手で廉太郎の手を握ってくる。

「冴子……」

廉太郎は背後にまわって、白いセーターをまくりあげ、背中のホックを外し、ブラジャーをゆるめた。

腋《わき》の下から差し込んだ手で、セーターからのぞいた乳房をそっと手のひらで包み込む。

たっぷりとした重みを感じながら、柔らかく丸い肉層を持ちあげるようにして、まわし揉みすると、

「んんっ……んっ……ぁあぁぁ」

冴子が悩ましく喘《あえ》いで、背中をもたせかけてくる。

さらさらの髪の毛を感じる。柑橘《かんきつ》系のリンスの微香がふわっと包み込んでくる。

指も、搗《つ》きたての餅みたいに柔らかな肉の塊《かたまり》に埋まって、悦《よろこ》んでいる。

そして、そのとき気づいた。股間のものが力を漲《みなぎ》らせようとしていることに。

(おっ、イケるかもしれない)

両手の親指と中指で、乳首をつまむようにして、くりっと転がすと、

「んあっ……」

冴子はビクンと撥《は》ねて、頭を顎の下に擦りつけてくる。

「乳首が一瞬にして、しこってきたぞ」

「ああぁ、だって……引っ越したら、あなたもその気になってくれるって、ずっとこの日を待ちわびてきたのよ」

三十八歳の妻がかわいいことを言う。

ひさしぶりに嗅ぐ妻の匂いをいっぱいに吸い込みながら、ココリを作るように乳首をねじり、さらに、頂上を人差し指で引っ掻《か》いてやる。

こうすると、冴子は感じる。

「あっ……あっ……ああ、それ……」

「いいんだろ？」

「ええ、これ、いいの……あっ、あっ……」

冴子は足を真っ直ぐに伸ばし、その状態で足踏みでもするように交互に膝を曲げ、

「ああぁ、いいのよぉ」

ぐーんと上体をのけぞらした。

と、その手が後ろにまわり、もう待ちきれないとばかりに、作務衣《さむえ》をつけた廉太郎の股間をなぞってくる。

だが、なぜか廉太郎のムスコは強い反応を示さない。

それを右手に感じたのか、冴子が向き直った。

炉端に敷いてあるイグサの長座布団に廉太郎を押し倒し、作務衣のズボンを慌ただしく引きおろした。

屈み込んで、白のブリーフに顔を寄せてくる。

ブリーフの脇から右手をすべり込ませて、肉茎を握りしごき、ブリーフ越しに先端に舌を走らせる。

それでも元気にならないと見るや、ブリーフをおろして足先から抜き取り、じかに分身を舐《な》めてきた。

冴子は唾液も、愛蜜の分泌量も人より多い体質である。

濡れそぼる舌を、亀頭冠の真裏にあたる包皮小帯にちろちろと走らせ、皺袋《しわぶくろ》から肉棹《にくざお》にかけて右手でなぞりあげてくる。

さらに、焦《じ》れたように全体を頬張り、忙しく唇をすべらせる。

「おっ、あっ……」

ジーンとした甘美な痺れが芽生えた。さっきは勃起の兆候を示した。

だが、不肖《ふしょう》のムスコは一定以上硬くはならないのだ。

2

（クソッ、環境を変えてもダメか……）

内心で地団駄《じだんだ》を踏んだそのとき、冴子が肉茎を吐き出した。

立ちあがって、スカートをおろし、肌色のパンティストッキングと藤紫のパンティを脱いだ。

セーターだけで下半身はすっぽんぽんという格好で、冴子は炉端を歩いていき、正面のコーナーに腰をおろした。

こちらに向かって足を開いたものの、左右の太腿を内股にして閉じ合わせているので、肝心なところは見えない。

それに、炭火が赤く燃える囲炉裏の中央では、金属の台である五徳《ごとく》の上に、鉄瓶がかけられていて、それが視線を遮《さえぎ》っていた。

「あなた、見ていて」

冴子が合わさっていた膝を開いていくのが見えた。

だが、鉄瓶が邪魔だった。

廉太郎は沸騰している鉄瓶を五徳から外し、鍋敷きの上に置いた。

今度はよく見えた。

赤くなった木炭があげるちろちろとした炎と煙の向こうで、妻が少しずつ膝をひろげていくところだった。

足首は細く、太腿は女の肉を十二分にたたえている左右の足が、まるで廉太郎を焦らすように一センチ刻みで開いていき、M字になった足の中心で息づく女の肉貝が濃い翳《かげ》りとともに視野に飛び込んできた。

(おおぅ……もっとだ。もっと、見たい)

炉端に座った廉太郎は知らずしらずのうちに、身を乗り出していた。

冴子はフィットしたセーターを着ているだけで、下半身は裸である。その日常では絶対にお目にかかれない格好がひどく卑猥《ひわい》だった。

しかも、ブラジャーをあげているので、セーターを通して、胸のふくらみの丸さと頂上のぽっちりとした突起が透け出しているのだ。

「ぁああ、これ、恥ずかしいわ……」

冴子が足をぎゅっと閉じた。

「……つづけてくれ。開いてくれ、頼む」

懇願《こんがん》すると、冴子は片手を後ろに突いて、上体を後傾させ、腰をいっそう前にせりだした。

むっちりとした素足を思わせぶりに閉じたりしながらも、徐々にひろげていく。

青い血管を浮かびあがらせた長い内腿を鈍角に開き、見てはいやとばかりに、中心の翳りを右手で隠した。

お預けを食った廉太郎が顔をあげると、冴子はその様子をまるで愉《たの》しんでいるようにじっとうかがっていた。

猛烈に恥ずかしくなって、廉太郎は目を伏せる。

「あなた、見て……冴子のいやらしいアソコを見て」

そう言って、冴子は上体を立て、左右の手指を陰唇にあてがった。

人差し指をそっと外側に伸ばすにつれて、「ネチッ」と粘膜が離れる音とともに陰唇がひろがる。

(ああ、これは……!)

炎の勢いが増し、一瞬だが、朱色の炎を通して、膣《ちつ》の真っ赤な粘膜が見えた。

次の瞬間、奇跡が起きた。

下腹部のイチモツに一瞬にして力が宿り、それがぐんと頭を擡《もた》げてきたのだ。

「勃ったぞ！」

思わず吼《ほ》えていた。このチャンスを逃してはならじと、イチモツを握る。きゅっ、きゅっとしごきながら、目をやった。

冴子が陰唇をいっぱいに開いた状態で止めている。

赤い粘膜にはとろっとした透明な蜜がしたたり、炎の赤を映じて、きらきらと光っている。

冴子は左手の指をV字にして肉びらをひろげたまま、右手の指をつかって狭間《はざま》の粘膜をスーッ、スーッと掃《は》くようになぞった。

「あっ……あっ……」

ビクッ、ビクッと、開ききった左右の内腿を痙攣《けいれん》させる。

「ぁああ、ほんとうはすごく恥ずかしいのよ。冴子はこんな淫乱な女じゃないの。でも、でも……見られていると思うと、アソコが熱くなる。ジンと痺れてくる。ねえ、あなた、もっと触っていい？」

「ああ、いいぞ。欲望の赴《おもむ》くままに触ってみなさい」

冴子は右手の中指で上方のクリトリスを引っ掻いた。尺取り虫のような指づかいで船底形の上端をなめらかに触れて、

「あっ……あっ……いや、いや、いや……」

首を左右に振りながらも、今度は、指腹でくりくりとまわし揉みする。

「くっ……くっ……」

冴子は顎を突きあげ、がくん、がくんと震える。

唇を嚙《か》みしめ、柳のような眉をハの字に折って、今にも泣き出さんばかりの表情で、さかんに陰核をこねまわす。

「ああ、たまらないの。もう、我慢できない」

冴子は囲炉裏に視線を落として、灰に刺さっていたスコップ形をした十能《じゅうのう》をつかんだ。十能は灰を均《なら》したり、炭を追加するために使う器具で、柄の部分だけ木製になっている。

(どうするんだ、まさかな?)

だが、そのまさかだった。

さほど熱くはないのだろう。冴子は柄の深いところを握って、グリップの先を股間に向けた。

足をいっぱいに開きながら、十能の先端を狭間に沿って上下動させ、じっと廉太郎を見る。

その挑発するような目が次第に愉悦《ゆえつ》の色に覆われ、ふっと目を閉じた。

「はぁあああ……」

空気が押し出されるような喘ぎとともに、十能のグリップが翳りの底に姿を消していった。

（………！）

廉太郎は猛《たけ》りたつものをしごくことも忘れて、その淫らな光景に見入った。

囲炉裏の中心では、炭火から赤い炎があがり、その赤いスクリーンを通じて、冴子が小さなスコップの柄を、身体の中心に打ち込んでいる姿が見える。

「ぁああ、これが欲しかったの。欲しかったのよぉ」

眉をハの字に折り、冴子は左手を後ろに突き、のけぞるようにして足をいっぱいにひろげ、陰毛の流れ込むあたりに木製のグリップを押し込んでは、いやらしく腰を前後させる。

そのたびに、ぐちゃぐぢゅと卑猥な音がして、丸いグリップにびらびらがまとわりつき、すくいだされた蜜がしたたって、座布団を濡らしている。

たまらなかった。

「そ、そんなにいいか？」

問う声が昂奮《こうふん》で震えてしまう。

「ええ、いいの……満たされてる。あそこが満たされてるのよ」

「そんなもので、そんなもので感じるのか？」

「ほんとうはあなたがいいの。あなたのカチカチが欲しいの」

こちらを見る冴子の目はとろんとして、男を誘っている。

体が動いていた。

立ちあがって、近づいていく。足元がふらついて、自分が自分でないようだ。

咥《くわ》えてほしかった。

廉太郎は炉端に立ち、腰を落としていきりたちを冴子の目の前に差し出した。すぐに、冴子がしゃぶりついてきた。

硬直が、温かい口腔にすっぽりと覆われたとき、廉太郎は至福の光に包み込まれていた。

(ああ、これだった。この感触……)

柔らかな唇と口腔粘膜が、ゆったりと動きはじめた。

「おおぅ、冴子……」

下腹部が蕩《とろ》けながら充実していく至福に、天井を仰《あお》いでいた。

古民家の天井には、天然木を利用した多少ゆがみのある大きな梁《はり》が横に走り、天井板もその梁も、長年囲炉裏の煙でいぶされて、異様に黒光りしていた。

囲炉裏のせいで、体の後ろが温かい。

冴子の顔が打ち振られるたびに快感が増して、視野が狭くなり、天井もぼやけていく。

唇の動きが止まった。

見ると、冴子は肉棹を頬張ったまま、自らの指を、立てて開いた足の中心に押し込んでは、

「うぐぐ、ぐぐ……」

と、さしせまった呻《うめ》き声を洩《も》らしているのだ。

そのメスの欲望に駆り立てられた姿が、廉太郎の胸に響いてきた。

セミロングの黒髪の両側を手で挟みつけて、腰を前後に揺らすと、肉棹が冴子の口腔をうがち、

「うぐ……ぐっ……ぐっ……」

冴子は苦しげに眉根を寄せながらも、どこか陶酔《とうすい》した表情で、指をさかんに体内に打ち込んでいる。

「あさましい女だ。この、この、この……」

得体の知れない衝動に駆られて、廉太郎は腰をつかった。

自分のイチモツとは思えないほどに、りゅうとした肉棹が、ずりゅっ、ずりゅっと口を犯し、冴子はそれがいいのとばかりに身体を痙攣させる。

「入れたくなった。入れるぞ」

言うと、冴子が上目遣《うわめづか》いに見て、うれしそうに目尻をさげた。

3

廉太郎は言われるままに、炉端の長座布団に仰向けに寝た。

そこに、冴子がまたがってきた。

幸いにしていまだ勃起をつづける肉の塔をつかみ、蹲踞《そんきょ》の姿勢で太腿の中心をなすりつけてくる。

潤みきった狭間がぬる、ぬると亀頭部をすべり動き、その間も、冴子は上から廉太郎を覗《のぞ》き込んでいる。

ふっくらとして女性器に似た唇をしどけなく半開きにして、

「ぁあああ、ぁあああ、気持ちいい」

陶酔した声を洩らしながら、廉太郎を見て、目を細める。

それから、少しずつ腰を落としてくる。

まるで一気に埋め込むのは惜しいとばかりに、一センチ刻みで猛りたちを下の口におさめる。

廉太郎も分身が徐々に女の坩堝《るつぼ》に呑み込まれていく悦びに、身を任せた。

「あああ……！」

冴子が喘ぎながら、腰を下まで落とした。硬直が根元まで蜜壺《みつつぼ》に嵌《は》まり込み、

(ああ、これだった……！)

廉太郎はひさしく味わっていなかった快感に酔いしれる。

温かい。そして、とろとろに蕩けた粘膜がぐにょぐにょとうごめきながら、分身を適度な圧力で包み込んでくる。

やはり、男にはこの感覚が必要だ。これだけでも、田舎暮らしに踏み切ってよかったと思う。

冴子はまたがったまま、セーターに手をかけて、頭から抜き取っていく。

藤紫色のブラジャーも外したので、お椀《わん》形の形のいいふくらみがこぼれでた。

雪のように白い透き通った乳肌には、何本もの青い静脈が透け出て、頂上には薄茶色の乳暈《にゅううん》がひろがり、ピンクがかった乳首が頭を擡げていた。

「ああ、いい……あなたがいるわ。あなたのおチンチンがわたしのなかにいるのよ。気持ちいい……気持ちいいの……ぁああ、ぁああ」

冴子は足をM字に開いて、尻を激しく前後に揺する。そのたびに膣につかまれている屹立《きつりつ》が根元からもぎ取られそうになって、廉太郎も奥歯を食いしばる。

「いい。いいの……あなたのがぐりぐりしてくる。たまらない……」

腰の直線的な運動に、円運動が加わった。

自分でも信じられないほどにいきりたった肉棹を軸にして、冴子は腰を大きくグラインドさせるので、分身が揉みくちゃにされるような快感がうねりあがってくる。

と、冴子が腰を持ちあげた。

ゆっくりと尻をあげ、屹立のぎりぎりのところまで膣肉を引きあげて、そこで、かるく腰を上下させる。

「おっ……くっ……」

膣の入口が亀頭冠に引っかかって、くすぐられるような快感が押し寄せてくる。

冴子は廉太郎を上から余裕綽々《しゃくしゃく》で眺め、それから、静かに腰を落とす。

根元まで呑み込んで、大きくグラインドさせる。

そこからまた引きあげていき、頂上から今度はストンッと素早く腰を沈める。

繰り返し垂直運動をされると、肉棹をしごかれているようで、ぐっと疼《うず》きが高まった。

と、冴子が後ろに両手を突いた。

何度見ても、そそられる光景だった。

足を大きくＭ字に開き、後ろにのけぞった冴子が腰を後ろに引くと、肉茎が女の口にすっぽりと呑み込まれ、前にせりだすと、蜜まみれの本体がぬっと姿をあらわす。

漆黒の翳りが逆立ち、左右の陰唇がＯの字に伸び、その狭間に雄々しくそそりたつ器官が出入りするさまは、廉太郎に自信を取り戻させた。

俺はまだ五十路を過ぎたばかり。まだまだやれる――。

「ぁああ、いや、いや……止まらない。あなた、止まらないのよ」

冴子の腰振りが激しくなり、ピッチもあがってきた。

その何かにとり憑《つ》かれたような腰の動きが、たまらなかった。

「腰をあげていてくれ」

指示をして、蹲踞の姿勢になった冴子の中心めがけて、腰をせりあげた。

屹立がズンッ、ズンッと女の孔《あな》を突きあげて、

「あっ……うあっ……あんっ……」

がくん、がくんと髪を乱し、乳房を波打たせて、冴子が悩ましい声を噴きあげる。

「長い間待たせて悪かったな。思う存分味わってくれ」

廉太郎が米搗きバッタのように全身をつかって、連続して撥ねあげると、

「あっ……あっ……あっ……イッちゃう……イク、イク……くっ！」

冴子は一瞬上体を伸ばして、硬直し、それから、操《あやつ》り人形の糸が切れたようにがくがくっと前に突っ伏してきた。

気を遣《や》ったのだろうか、冴子はしばらくぐったりとして身を預けている。

黒髪を撫でさすっていると、冴子は恍惚境《こうこつきょう》から舞い戻ってきたのか、目を開けて、廉太郎を上から愛《いと》しげに眺めた。

「あなた、すごいわ。まだ、カチカチよ……」

ふふっと口許《くちもと》に卑猥な笑みを浮かべ、唇を寄せてきた。

キスなど、いったいいつ以来だろう。

冴子は自分から舌をからめ、根こそぎもぎとるように吸い、舌をあげて口蓋《こうがい》をなぞり、それから、歯茎の裏をツーッと舐めてくる。

また舌をからめながら、顔を左右に動かして、吸いついてくる。

甘ったるい唾液がとろとろとしたたって、口腔を満たす。

長いキスを終えて冴子が唇を離すと、唾液の糸が水飴《みずあめ》のように伸びて、スーッと切れた。

「冴子、もっと感じろ」

廉太郎は胸の内側に潜り込んで、乳房を吸った。

たわわに実ったふくらみをつかんで、頂上を上下左右に舌で撥ねると、

「あっ……あっ……ぁああ、いい……」

冴子は上体を反らしながら、心底感じている声をあげる。

「ねえ、こっちも……」

ねだられるままに、もう片方の乳房に貪《むさぼ》りついた。

頂上の突起はすでに円柱形に突き出していて、そこを舌で弾《はじ》き、吸うと、

「ああ、ぁあああ……響いてくる。欲しくなる」

低く絞り出すような喘ぎとともに、冴子の腰がもどかしそうにくねりはじめた。

「突いてほしいのか？」

乳首に唇を接したまま訊《き》くと、

「ええ……また、欲しくなった。へんよね。でも、どうしようもないの」

「へんじゃないさ。お前が感じてくれれば、俺もうれしいし、自信が持てる」

廉太郎は胸から顔を出して、両膝を立てて動きやすくし、ぐいぐいと腰を撥ねあげる。

屹立が斜め上方に向かって、膣肉を擦りあげて、それがいいのか、冴子がひっしとしがみついてくる。

廉太郎は背中と尻を両手でがっちりとつかみ寄せて、思い切り腰を突きあげた。

この姿勢は上からするより疲れが少ない。

ずりゅっ、ずりゅっと肉棹が女の坩堝を擦りあげて、

「あんっ、あんっ、あんっ……」

冴子は艶かしい喘ぎをスタッカートさせて、そうしないといられないといったふうに廉太郎に抱きついてくる。

まったりとまとわりつく肉襞《にくひだ》を削るように抜き差しすると、甘い疼きが急速にひろがった。

肉体的快感以上に、こうして、冴子とひとつに繋《つな》がっていることが、無上の悦びをもたらす。

快感にゆがむ顔が間近にせまり、煙が立ち昇る天井には黒々とした梁や天井板が見える。

そして、体の左半分だけが、囲炉裏の熱で暖かい。

「冴子、幸せだよ。引っ越してきてよかった」

耳元で気持ちを告げると、

「ぁあ、冴子も、冴子も幸せよ。二人で、ここで死ぬまで暮らしましょうね」

冴子がうれしいことを言う。

「ああ、そうしよう。お前と一緒になってよかったよ」

力を振り絞って、ぐいぐい突きあげた。

「あんっ、あんっ、あんっ……いい、いいの……イク、イキそう」

「出すぞ。お前のなかに出すぞ」

廉太郎が頂上に駆けあがろうとしたとき、
ピンポーン。ピンポン、ピンポン——。

来客を告げるチャイムが鳴って、廉太郎はハッとして動きを止めた。

4

「すみません、予定より早く着いてしまって……お邪魔じゃ、なかったですか？」

いつも腰の低い渕上庄司が、雰囲気を感じ取ったのか、ぺこぺこして居間に入ってきた。昔で言う醤油《しょうゆ》顔のなかなかのイケメンである。

その後に、猫背でずんぐりした体型のいかにも野卑《やひ》な感じの浅黒い肌をした中年男がつづく。

「渕上さんでしたら、どんなときだってかまいませんわよ。さあさあ、お座りになってくださいな」

冴子が抜け目なく対応する。

まさか、冴子がパンティを穿《は》いていないなど、誰も想像できないだろう。じつは、時間がなくて、ブラジャーをつけ、服を着るのが精一杯で、冴子はパンティもパンティストッキングもつけていない。

そのふたつは、とっさに廉太郎が作務衣のポケットにしまった。

この時期にノーストッキングはへんだが、仕方がない。

「どうぞ、どうぞ」

立ちあがって二人を迎えた廉太郎が席を勧めると、

「その前に、紹介させてください。こちら、納屋のリフォームをやっていただく大工の菱沼寛治《ひしぬまかんじ》さんです」

渕上が隣の男を示した。菱沼が猪首《いくび》をいっそう前に突き出すようにして、会釈をした。無愛想で、野卑な感じで、いやな男だなと思いつつも、

「ああ、納屋の……どうか、よろしくお願いします。黒木と申します。こちら、妻の冴子です」

手で指し示すと、冴子がにっこりと微笑んで頭をさげた。

「お座りになってください」

渕上が正面に、菱沼が左隣に腰をおろすのを確認して、廉太郎は囲炉裏の上座《かみざ》に座った。

ついさっきまでここで炉端セックスをしていたのだから、何か不自然なところはないか、匂いが残っていないかと内心はひやひやしている。

二人は車で来ているのだが、一杯くらいはいいだろうと、五徳に載せた鉄瓶でオカンをつけて、冴子が徳利を持って湯呑みに熱燗を注いでまわる。

客の隣に片膝を突いてお酌をすると、膝上のスカートからむっちりとした太腿がのぞき、ノーパンを知られてしまうのではないか、とドキドキしてしまう。

最後に廉太郎が冴子の湯呑みに熱燗を注ぎ、冴子が右隣に正座した。

「うちがこうして無事に移住できたのは、ひとえに渕上さんのおかげだ。ありがとう、感謝しています。乾杯！」

四人が湯呑みを掲げて、熱燗を啜る。

一息ついたところで、廉太郎は渕上と菱沼を交えて、納屋の改装の打ち合わせをする。

頭を坊主に丸めた菱沼は、この家のリフォームを請け負った工務店の従業員とは違って、個人で大工を営んでいるのだという。

腕は立つらしいのだが、何しろ無愛想で、問いかけにも一言二言《ひとことふたこと》しか返さない。

工務店の連中ははきはきとしていたが、やはり個人の大工となると、気難しい職人気質《かたぎ》があるのだろうか。

座っていても背中が丸まっている。浅黒く、おむすび形の顔はどこか愛嬌《あいきょう》があって憎めない感じだが、細い目が時々、ぎらっと光って、そうなると威圧感がある。

納屋リフォームの打ち合わせを終えて、次に竹細工作りに話題を移した。

裏山の竹林も地所に入っていて、そこの竹を自由に伐採《ばっさい》して使える。

このへんは、移住して、木工や染め物、陶器などの『ものづくり』に手を染める者が多く、また自治体でもそれを奨励していて、作ったものを展示販売する村直営の店がある。

いつ頃出品できるか、などと打ち合わせをする間も、廉太郎はどうしても冴子の様子が気になってしまうのだ。

というのも、酔っぱらうとしどけなくなる本性が出てきたのか、さっきから冴子が膝を崩して横座りしているものだから、丸っこい膝小僧と左右の太腿の外側と内側が半分ほど見えてしまっているのだ。

渕上の説明を聞きながら、廉太郎はちらりと反対側に目をやる。

菱沼が猫背で酒をちびちびやりながら、さりげなく正面に向かって這うような視線を送っている。

その視線の行き着くところに、冴子の膝があり、それはさっきより、心なしかひろがっているように見える。

二人の間には、五徳に乗った鉄瓶という障害物があるのだが、二人は向かい合いながら少しずれて座っているので、視線を完全に遮ることはないのだろう。

しかしまさか、いくら冴子でも、初対面の男に意識的に膝を開いて見せるなどというバカげたことはしないはずだ。

だが、二人の間には、何となく淫靡《いんび》な糸が張りつめているように感じる。

「黒木さん、大丈夫ですか？　お疲れになっていらっしゃるなら、また次の機会にいたしましょうか」

上の空であることを見てとったのだろう、渕上が心配して提案してくれる。

「いや、大丈夫だ。せっかくいらしてくださったんだから、やっちゃいましょう」

二人は出荷方法などの細かい打ち合わせをする。

耳から情報を入れて記憶に留めながら、悟られないように視線をやると、冴子の膝がいっそう開いていた。

こちらから見ても、太腿の内側がかなりのぞいてしまっているので、正面にいる菱沼にはもっと奥まで見えてしまっているだろう。

もしかして、ノーパンがわかってしまうのではないか？

相槌《あいづち》を打ちながらもさりげなく観察していると、冴子はぎゅっと太腿を閉じ合わせて、もじもじと腰をくねらせる。

それから、少しずつ膝を崩していくのだが、そのやり方がいかにも男を焦らして、欲望を手玉に取っているような気配さえ感じられるのだ。

（おい、冴子、お前は何をしているんだ？）

もしも、初対面の大工にアソコを見せつけているのだとしたら、酔っているからと許せることではない。

ふんふんと相槌を打ち、ふたたび冴子に視線をやると、その右手が湯呑みを撫でている。

しなやかで長い指が、湯呑みをまるで手コキでもするようになぞっているのだ。

（おい……！）

反対側に視線をくれると、胡座をかいて座った菱沼の作業ズボンの股間がテントを張っていて、それを菱沼はさり気なく手で隠している。

温厚な廉太郎ではあるが、さすがに、この状態は耐えられるものではない。

「悪い、渕上さん。残りは次にしてくれないか？　さすがに疲れて、集中力がなくなってきた」

そう切り出すと、

「そうしましょう。すみません、こちらのミスです。引っ越し当日に……では、またご連絡をさしあげますので」

渕上が席を立ち、つづいて、菱沼も腰を浮かした。

作業ズボンの股間は明らかにふくらんでいて、そこを菱沼はバツが悪そうに隠している。

5

「おい、冴子、お前、何をしていたんだ？」

二人を見送って、居間に戻るなり、廉太郎は妻を怒鳴りつけた。

「何をって……？」

「……足を開いていただろう、あの大工に向かって」

「そんなことしてませんよ」

「していたじゃないか！」

後ろからセーターの肩に手をかけると、冴子がくるりと向き直って、胸のなかに飛び込んできた。

「ゴメンなさい。だって、途中だったから……もう少しってときに邪魔が入ったでしょ。だから、わたし……途中でもうココが……」

冴子が、廉太郎の手をつかんでスカートの奥に導いた。

ハッとした。

ノーパンのそこは陰毛までもがぐっしょり濡れて、陰唇の狭間も洪水状態だった。

差し込んだ手に冴子が淫肉を擦りつけるようにするので、ぬるり、ぬるりと指に蛞《なめ》蝓《くじ》のようなものが押しつけられる。

「わたし下着をつけていなかったから、だから、見られたらどうしようって思うと、何か……何か……」

「何か……？」

「……すごく昂奮してきて」

冴子が何かに突き動かされているように、右手を作務衣の股間に伸ばし、そこを下から持ちあげるように撫でてくる。

「あなただって、こんなにして……。ほんとうは、あの大工さんがわたしのアソコを見ているのを知って、昂奮してたんでしょ？」

「バ、バカなことを言うな」

「だって、こんなに硬くなってるわ」

冴子は前にしゃがんで、作務衣のズボンとブリーフをおろした。

と、いきりたつものがバネ仕掛けのように飛び出してきた。

「ほら！　頭を振ったわ」

「いや、それは……」

廉太郎自身、股間の変化に驚いていた。

両膝を突いた冴子が、怒張にしゃぶりついてきた。

根元まで頬張られ、「んっ、んっ、んっ」とつづけざまに顔を振られると、甘い疼きがひろがって、にっちもさっちもいかなくなった。

「さっきのつづきを……お願い」

唾液にまみれた肉棹を吐き出し、それを握りしごきながら、冴子が見あげてくる。

「そ、そうだな……」

廉太郎もさっきから下腹部でももやもやしたものが溜まっていた。

冴子はスカートをおろし、セーターを脱ぎ、ブラジャーも外して、炉端の長座布団に這う。

その間、廉太郎は膝に溜まっていたズボンを足先から抜き取り、勃起がおさまらないように肉茎をしごきつづけていた。

不思議なのは、へなっとなりそうになっても、冴子が大工の前でいやらしく足を開いていた姿を思い出すと、そこに力が漲ってくることだ。

すでに日も暮れ、高い天井から吊られた傘の下の電球は点《つ》けられているものの薄暗く、囲炉裏の燃え立つ炎が目立ってきていた。

一糸まとわぬ姿になった冴子が、獣《けもの》のように四つん這いになった。

囲炉裏の赤い炎が、色白の肌を右側から染めて、ゆらっ、ゆらっと揺れている。

たまらなくなって、廉太郎は後ろに膝を突き、屹立を押し当てた。

ほどよくくびれた細腰から急《きゅう》峻《しゅん》な角度でひろがっている尻を引き寄せる。下腹部を突き出すと、それはわずかな抵抗感を残して、女の壺にぬるりと嵌まり込み、

「ああ……！」

冴子はしなやかな背中を弓なりに反らして、両手で長座布団を鷲《わし》づかみした。

「おおぅ……くぅぅ」

と、廉太郎も奥歯を食いしばっていた。

こんな短い間に二度目の挿入ができたこと自体が、信じられない。

そして、冴子の体内はさっきより明らかに温度が高く、よく練《ね》れていた。まだ入れたばかりなのに、内部の肉襞がうごめきながら、硬直をくいっ、くいっと内側に手繰《たぐ》り寄せようとする。

廉太郎は腰をつかいはじめる。いや、つかわされている感じだった。

加減してゆったりと突いているのに、まったりとした粘膜がからみついてきて、ひどく気持ちがいい。

そして、抽送《ちゅうそう》を繰り返すと冴子は、

「あんっ、あんっ、あんっ、あんっ……」

と、頭の天辺《てっぺん》から突き抜けていくような高い喘ぎを放ち、セミロングの黒髪を上げ下げする。

ふと顔をあげると、雪見障子が西日で橙《だいだい》色に染まっていた。

東京の家ではこんな光景にお目にかかることができなかった。

ましてや、女体を貫きながら、夕陽に染まる障子を見ることなど、なかった。

そして、囲炉裏の炎と暖かさ──。

(これも田舎暮らしに踏み切ったお蔭だ)

廉太郎は引っ越してきてよかったと、あらためて思う。

前に屈んで、背中にくっつくようにして、右手で乳房を揉みしだき、左手で下腹部の結合部分をいじってやる。

下垂した乳房の頂上をくりっ、くりっとこね、同時に、屹立が嵌まり込んでいる部

分のクリトリスあたりに蜜をまぶし込むと、

「ぁああ、あなた、いいわ。いい、いい……アソコが痺れる」

冴子は気持ち良さそうに顔をのけぞらせ、びくん、びくんと身体を痙攣させる。

そのたびに、蜜壺もきゅっ、きゅっと締まってきて、廉太郎も悦びにひたった。

「ぁああ、ぁああ……」

冴子の腰がもどかしそうにくねった。

「どうした？　思い切り突いてほしいのか？」

「はい……思い切り」

上体を起こして、廉太郎は腰をつかみ寄せ、強く叩き込んだ。

パチッ、パチンと破裂音が炉端に響いて、

「あんっ……あんっ……あんっ！」

冴子は甲高《かんだか》い喘ぎを迸《ほとばし》らせる。

いつの間にか両手の肘を突いて、上体を低くし、尻だけを高々と持ちあげていた。

膝もさっきよりひろがっているので、尻たぶも開き、渓谷《けいこく》に息づくセピア色の窄《すぼ》まりもはっきりと見える。

バックで貫かれるときは、女性は尻の孔さえ男にさらさなければいけないのだ。しかも、こんな恥ずかしい格好をして。

つくづく、女性は多少のマゾっけがないと、セックスなどできないと思う。

女という性の宿命を思いながら、次第に強く速いストロークに変えていった。

滑稽《こっけい》な破裂音が響き、

「あ、あっ……ぁあああ、いい……冴子を壊して。メチャクチャにして」

冴子がこのフレーズを口にしたときは、かなり性感が高まっているときだ。

だが、最後はお互いに顔を見合わせて、気を遣りたい。

廉太郎はいったん結合を外すと、冴子を仰向けにして、足を開かせた。

膝をすくいあげて、再度の突入をはかったとき、分身が若干力を失くしていて、突き破れそうになかった。

「冴子、お前、さっき大工に股をひろげながら、オマ×コを濡らしていただろう？」

自分をかきたてるために言う。

「ぁああ、そうよ。わたし、もうたまらなくなって……あの人がおチンチンをおっ勃てているのを見ながら、昂奮してたの。オマ×コを濡らしていたのよ」

「淫乱な女だ。きれいな顔をして、冴子はドスケベなんだな」

「ああ、言わないで……いや、いや」

言葉を交わしている間に、分身がいきりたってきた。

たぶん、嫉妬《しっと》のようなものが、この女を独占したいという気持ちに繋がり、本能的に勃起を引き起こすのだ。

今だとばかりに、肉棹を突き入れた。

潤滑性を増している膣肉にそれがいとも簡単にすべり込み、

「ぁあぁぁ……」

冴子が両手で長座布団の縁をつかんだ。さらに、奥まで打ち据えると、

「くっ……！」

顎をこれ以上無理というところまでせりあげて、冴子がのけぞった。

（くうぅ、何度入れても気持ちがいい）

廉太郎は上体を立てたまま、両膝の裏をつかんで開きながら押しつけ、強く打ち据えた。

硬化した肉の槌《つち》が、膣の天井を思い切り擦りあげて、

「ああぁ、ぁああ……そこよ、そこ、そのまま」

冴子が眉根を寄せて、訴えてくる。

廉太郎自身もすでに体力が尽きようとしていた。

そして、ひと擦りするたびに、ペニスが蕩けながらふくらんでいくような快美感が押し寄せてきた。

「冴子、冴子……！」

「はい……はい……ぁああ、あなた、イキそう。冴子、イッちゃう。イッちゃう」

冴子が表情が見えないほどに顔をのけぞらせ、両手で長座布団の縁がめくれあがるほどに握りしめた。

打ち込むたびに、たわわな乳房がぶるん、ぶるんと揺れて、

「あんっ、あんっ、あんっ……」

と、顎がせりあがる。

廉太郎がいつの間にか掻いていた額の汗が、ポタッ、ポタッと冴子の顔に落ちていく。

だが、冴子は気にならない様子で、もたらされる悦びを全身で受け止め、さらにふくらませようともがいている。

「イクわ……あなた、イク……」

冴子が見あげてくる。そのとろんとして焦点を失った瞳が、絶頂を求めてさしせまった色を滲《にじ》ませていた。

「俺も、俺もイキそうだ。冴子、冴子！」

妻の名前を連呼して、遮二無二《しゃにむに》腰を叩きつけた。

突いている膝の内側が擦れて痛い。

だが、痛みよりも快感が勝った。

「あんっ、あんっ、あんっ……あなた、あなた……ぁあぁぁ」

冴子が両手を万歳の形にあげて、無防備に腋の下をさらした。そして、そのことが悦びなのと言わんばかりにすべてをさらして、顎をせりあげる。

「そうら、イケ。イッていいぞ。ここか、ここがいいんだな？」

「はい……そこ、そこよ……そこ……ぁあああ、来る……来るわ……」

「そうら、超えろ」

息を詰めてつづけざまに打ち据えたとき、

「あんっ、あんっ……イク、イク、イク、イッちゃう……やぁあああぁぁぁぁぁ……はうっ！」

冴子がこれ以上無理というところまでのけぞりかえって、がくん、がくんと躍りあがった。

エクスタシーを迎えた膣の蠕動《ぜんどう》を感じて、さらに駄目押しの一撃を叩き込んだとき、廉太郎にも至福が訪れた。

まるで失禁するような感覚だった。

それが、途中から勢いよく放出する歓喜に変わり、ドクッ、ドクッと間欠泉《かんけつせん》のように噴き出す快感に身を任せる。

そして、冴子はまだエクスタシーの波のなかにいるのか、陶然《とうぜん》としていながらも、時々、ひくひくっと痙攣して、廉太郎の放出を受け止めている。

すべてを出し尽くしたときは、脱け殻になったようだった。

それでも、ひさしぶりに女体のなかに出す悦びの余韻が残り、どこか心地好い。

しばらくその姿勢でいて、肉茎を抜き取り、ごろんと横になった。

板の間で背中が痛い。

と、冴子がすり寄ってきた。

一糸まとわぬ色白の肌をところどころ紅潮させて、廉太郎に覆いかぶさるようにして上から見た。

「あなた……よかったわ。蕩けそうだった」

「ああ、俺もだ」

ぎゅっと抱きしめると、冴子が身を預けてくる。

煤《すす》でいぶされて黒光りする天井を見あげながら、廉太郎は、引っ越して正解だったと自分に言い聞かせていた。

第二章　風呂場での蜜戯

1

一カ月後、廉太郎はここに移ってきたことが正しかったのかどうか、早くも悩みはじめた。

すべてが上手《うま》くいかないのだ。

田舎暮らしで、やりたいことは二つあった。ひとつは、農業。もうひとつは、竹細工作り。

めざすのはスローライフであり、あくせくする必要はない。それを、妻の冴子と力を合わせて、ゆったりとやっていけたらと考えていた。

最初のつまずきは、農作業だった。

家の片づけもほぼ終わり、気温もあがってきたので、ひとまず野菜の種蒔《たねま》きをしようと、農作業をはじめた。

ちょっと離れたところに、さほどひろくない農地を格安で購入してある。

稲作は無理だが、家で消費する野菜くらいは自分たちの手でと考えていた。

雑草を抜き、鍬《すき》で耕して土を作り、そこに、低気温で発芽する、じか蒔きできるダイコン、ニンジン、コカブ、コマツナなどの種を蒔き、保温のためにポリマルチをかぶせた。

ポリマルチとは、薄いポリエチレンフィルムで、まだ寒い時期に畑などでよく見る黒いビニールのようなものだ。

農作業は初めてで、試行錯誤を繰り返しながら何とかしてやり遂げた。

それはいいのだが、その最中にあることが発覚した。

じつは、冴子は農作業が嫌いだった。しかも、嫌いに大がついた。

まずは、土がダメで、土が身体につくことをひどく嫌った。何かの拍子に土が長靴のなかに入ろうものなら大騒ぎし、土が顔にかかろうものなら、すぐに顔を洗いに家に帰る。

日焼けするのがいやで、この季節でさえ、日焼け防止のための帽子をかぶり、頬かむりをしていた。これが夏だったら、もっと重装備になるはずだ。虫が飛んでこようものなら、悲鳴をあげて振り払い、虫がいなくなるまで畑に入ろうとしない。

それでも我慢してやってくれればよかったのだが、畑仕事をはじめて三日目で、冴子は「今日は体調がすぐれない」という理由で畑には出ず、その後も、何かと理由をつけて、農作業をボイコットした。

『ここに移るってことは、農作業をするってことだ。冴子も最初からわかっていたはずだけどな』

廉太郎は当然のことを言ったつもりだったが、冴子はこう答えた。

『こんなことで責めなくてもいいじゃない。わたしだってやる気はあったのよ……でも、わたしには土いじりは向かないみたい。これでも、我慢したのよ。でも、ダメなのよ』

冴子は東京生まれの東京育ちで、しかも、山の手の良家の出である。

若い頃に有望実業家と結婚したが、夫婦仲が悪くなり、三年後に別れた。

それから、好きな絵を描きながら山の手の実家で暮らしていたが、両親からの再婚しなさいというプレッシャーに負け、廉太郎との再婚の道を選んだ。

たぶん、廉太郎が丁重に接したからだ。

年齢も家の格差もあり、こんな美人と結婚できるならと、冴子の言うことを全面的に認め、ひたすら尽くした。

それが、お姫様体質の冴子には、心地好かったのだろう。

この二年間、家事も完璧とは言えないが、それなりにこなしていた。農作業だって確かにやる気はあったのだろうが……。

このときはまだ、嫌いなものはしょうがない、自分がやればいいのだから、冴子もそのうちにやる気を出してくれるだろう、とそう考えていた。

しかし、竹細工作りに入ったとき、冴子が嫌いなのは農作業だけではないことが発覚した。

彼女は竹を編んでカゴを作ったりする、その作業自体を面倒に感じるらしく、廉太郎が教えても、途中で投げ出してしまうのだ。

もちろん、裏山の竹を伐採し、腐らないように油抜きをして適度に乾燥させるという作業は男の仕事であり、自分でやると決めていた。しかし、せめて、竹細工を学ぼうという気持ちくらいは示してほしかった。

それでも、まだ夜の生活のほうが上手くいっているのなら、救いがあった。

引っ越してしばらくは、冴子は古民家でのセックスを満喫していた。回復した廉太郎の肉棹を情熱的に頬張り、ギンとしたそれを招き入れて、貪欲に腰を振った。

だが、農作業がはじまり、竹細工作りにかかる頃になって、夫婦の営みを拒むようになった。

寝た子を起こされていた廉太郎が「なぜ駄目なんだ？」と問い質《ただ》したところ、「やる気がしないんです」という答えが返ってきた。

都会育ちの良家のお嬢様には、田舎暮らしが性《しょう》に合わないと見えて、それがストレスになり、廉太郎に身をゆだねる気にならないと言うのだ。

その一方で、冴子は納屋の改築にかかっている大工の菱沼には、胸元をちらつかせたり、短いスカートを穿いて太腿をのぞかせたりして、地元の御《ぎょ》しやすい男を誘惑するゲームを愉しんでいるように見えた。

この日も、冴子が菱沼を誘うような素振りを見せたので、夕方に警告をした。

「菱沼の前に出るときは、露出過多の服装は慎みなさい」

「そんなこと言うなら、わたしは東京に戻ります。あなたひとりでここで生活すればいいでしょ」

冴子がぷいとそっぽを向いた。

東京の家は、将来、息子が帰ってきたときのために、売らずに維持していた。そこに、自分だけ帰ると言うのだ。

(こんな女じゃ、なかったんだが……)

引っ越した当時は上機嫌だったのだから、よほど田舎の水が合わないと見える。

「それは困るよ。二人でスローライフを送るために、ここに来たんだから」

「スローライフ? わたしには、ゆったりとした生活だとは思えないわ。農作業して竹細工作って……全然、暇なんてないじゃないの」

家事は二人で分担してやっていたが、確かに、冴子の言うことにも一理あるように思えた。

「そうだな。焦っていたのかもな……ゆっくりと焦らずにやろう。お前もしたくないことはしなくていいから、東京に戻るなんてことは考えないでくれ」

「……わかったわ。わたしだって、廉太郎さんを困らせるつもりはないのよ。だって、あなたが好きで結婚したんだから」

そう言って甘えついてくる冴子は、確かにセクシーで、なおかつ、かわいい。

悪いときは悪いが、いいときはほんとうに魅力的だ。

彼女の見せる変化に一喜一憂していた。たぶん、廉太郎は彼女に振りまわされることに腹を立てながらも、その奔放さに惹《ひ》かれていたのだ。

美人というのは得だ。どんなに酷《ひど》いことをしても、美人でなおかつ心がこもっていれば、男はそれをすべて許してしまう。

しなだれかかってくる女体を抱きしめて頭を撫でていると、冴子が胸板から顔をあげて言った。

「一緒にお風呂に入りましょうよ。ここに来てから、まだ一緒に入ってないでしょ」

「そうだな。そうしよう」

廉太郎もその気になり、まだ夕方だというのに、風呂を沸かして二人で入った。

2

檜《ひのき》の匂いがする風呂場は、その濃い檜の色から推《お》しても、かなり古いものだった。だが、作りはしっかりしており、都会のバスルームと較べても、洗い場も湯船自体も広く、ゆったりとしていた。

廉太郎が先に湯船につかると、冴子がカランの前に片膝を突いて、肩からお湯をかけ、股間を手で洗いはじめた。

結った黒髪、凛《りん》とした優美な横顔、直線的な上のラインを下側の充実したふくらみが持ちあげたたわわな乳房は乳首がツンと上を向いている。

全体に三十八歳を迎えた女の丸みが感じられて、熟れた女の色香がむんっと匂い立つ。

こんな非の打ち所のない容姿をしているのだから、多少の性格の欠点には目を瞑《つむ》ろうと思う。

冴子が股間と乳房を手で隠して、湯船に入っていた。

二人が楽に入れる檜造りの浴槽である。

冴子が向かい合う形で身体を沈める。無色透明なお湯が乳房の上の裾野まで上昇して、肌色のふくらみと頂上のナンテンのような赤い実が透けて見える。

そして、冴子の足は、廉太郎の開いた足の間に入り込んでいた。

お湯の温度は高めに設定してある。見る間に、冴子の雪白の肌が温められてピンクに染まり、鼻の頭に汗の粒が浮かんだ。

こうして見ると、確かに冴子は美しく、艶かしい。

しかも、性的欲望が強いから、その気になれば、毎晩でも身体を合わせることができる。

だとしたら、野良仕事や竹細工などの労働はさせないで、ずっとお姫様のように丁重に扱うという手もある。

そんなことを思っていると、股間に何かが触れるのを感じた。

「んっ……？」

それは、冴子の足だった。

お湯のなかを肌色の足が真っ直ぐに伸びて、廉太郎の股間を柔らかくなぞってくる。

そして、冴子は何もしていませんよ、という顔でそっぽを向いている。

だが、よく動く親指がまるで目でもついているように正確に、肉茎の裏をくすぐり、なぞってくる。

（おっ、勃《た》ってきたぞ）

廉太郎の分身が力を漲らせはじめると、もう片方の足も加わった。

冴子は左右の足裏でいきりたちを挟みつけるようにして、上下運動をはじめた。

「くっ……！」

手でされるほど柔らかくはない、荒々しいしっかりしたもので肉茎をしごかれると、思ってもみなかった快感が湧きあがってきた。

それを感じたのか、冴子はこちらを見て、ふっと口許をほころばせた。

悪女の笑みだった。

冴子は右足の親指と人差し指を開いて、肉棹を挟み込み、器用に動かしてそれを刺激してくる。

「ふふっ、どんどん硬くなってくるわ……気持ちいい？」

「ぁああ、気持ちいいよ」

お湯のなかでギンとしてきた屹立を、冴子はふたたび両足で包み込むようにして、しごいた。

湯船の縁につかまり、黒い翳りを透かせ、足をがに股にして上下に揺らす冴子のしどけない姿は、五十二歳の男を魅了するには充分に卑猥で、なおかつエロティックだった。

冴子は足を外して、廉太郎の足を湯船にかけさせる。

廉太郎が左右の足を開いて、湯船の両縁にあげると、必然的に下腹部が持ちあがり、お湯からいきりたつものが突き出してきた。

そして、冴子は近づき、片手で廉太郎の腰を浮かせながら、そそりたつ肉棹に指をからませ、しごいた。

お湯で温められた手をお湯とともに上下にすべらせ、廉太郎を媚《こび》を含んだ目で見る。

「気持ちいいですか？」

「ああ……」

廉太郎は、黒曜石のように光る蠱惑《こわく》的な目や、お湯にコーティングされた、桜色に染まった乳房から目が離せなくなった。

「こんなに元気で、すごくうれしいわ。食べちゃっていい？」

「ああ……」

冴子は舌舐めずりをすると、顔を伏せて、お湯から突き出した『潜望鏡』を頬張ってきた。

ゆったりと顔を振って、唇を勃起の表面にすべらせ、満遍《まんべん》なく刺激してくる。

ずりゅっと根元まで咥えられると、唇が湯面に接する。徐々にストロークの速度が増して、湯面にさざ波が起きる。

「んっ、んっ、んっ……」

力強く唇で摩擦されると、そこが充溢《じゅういつ》しながら蕩けていくような快感がひろがってきた。

「くうぅ、ダメだ。冴子、それ以上されると……」

「これ以上すると……？」

冴子が吐き出した肉棹を握って、しごきながら、悪戯《いたずら》っ子のような目を向けてくる。

「つまりだな……つまり、その……」

「出ちゃいそう?」

「ああ……」

「出すなら、わたしのなかに出して」

冴子はくるりと向きを変え、背中を向ける形で廉太郎の伸ばした太腿の上にのっかってきた。いきりたつものを手で導いて、女の谷間に擦りつけ、それから慎重に沈み込んでくる。

廉太郎の分身がお湯より温かい粘膜に包まれる感触があって、

「あああぁぁぁ……」

冴子は気持ち良さそうに顔を撥ねあげた。

下腹部の蜜壺がしっかりと硬直にまとわりついてくる。明らかにお湯とは違う粘り気のある粘膜が、きゅっ、きゅっと収縮する。

結婚して間もない頃、伊豆に二人で旅行したときの、貸切風呂でのセックスを思い出していた。

あの頃は蜜月時代で、何をしても二人でいれば愉しかった。

廉太郎がたっぷりの愛情を注いだこともあるのか、冴子も従順で、何をしても悦んでくれた。セックスも献身的だった。

だが、二年も経てば、男女関係は変わるのだ。

今はもう少し複雑になっている。それを深みと呼ぶべきか、冴子の愛情が薄くなったというほうが当たっているのか？

かつての貸切風呂での情事を思い出しながら、背後から乳房を揉みしだいた。

なかばお湯に没した温かい左右のふくらみが、手のひらのなかで、ちゅるちゅるとすべり動く。

指で乳首をつまんで、くりっ、くりっとねじると、

「あっ……あっ……いい」

冴子が身体をくねらせるので、それにつれて膣もうごめいて、硬直が柔らかく締めつけられる。

冴子が自分から意識的に腰をつかいはじめた。

ぐっと尻を後ろに突き出して、体内で肉棹をこねるように巧みに腰を前後左右させる。

お湯が波打って、ちゅぷちゃぷと音を立てる。

と、いつの間にか、冴子の腰が縦運動をはじめていた。

「あっ、あんっ、あんっ……」

目の前で後ろ姿が躍り、水面に荒波が立つ。

昂揚《こうよう》してきた。このまま昇りつめたいという気持ちもあったが、いかんせん、長い間お湯につかっているせいで、湯あたりしてきた。

「冴子、悪いけど、外でしないか？　のぼせてきた」

言うと、冴子はうなずいて、腰を浮かした。

湯船をまたいだとき、彼女の濡れた陰毛がモズクのようにまとまって、毛先から滴《しずく》がポタポタと落ちるのが見えた。

廉太郎も後を追うようにして浴槽から出る。

湯垢《あか》ですべりそうになる床に立つと、冴子は前にしゃがんで、廉太郎の分身をふたたび頬張ってくれる。色白の肌を紅潮させ、膝を突き、廉太郎の腰に手を添えて、ゆったりと顔を打ち振る。

田舎暮らしになかなか馴染《なじ》めない冴子だが、こうして廉太郎の持ち物を大切そうに咥えるところを見ると、好きなことだけをやらせてやろうという気になる。

ペニスがまた硬化してきたのを感じたのか、冴子は立ちあがり、湯船の縁に両手を突いて、腰を突き出してくる。

くびれた細腰から急峻な角度でせりだした尻の丸みをつかみ寄せた。

ピンクに色づいた尻たぶの奥に、濡れていっそう艶《つや》やかさを増した膣口がいやらしくひろがって、冴子が誘うように腰をくねらせた。

(俺はこれにとらえられている。だいたい、こんな気持ちいいものから、男が逃れられるわけがない)

いきりたちを導いて、肉の鮑《あわび》に慎重に沈ませていく。

受け入れたばかりの肉路は男根を嬉々として呑み込み、根元まで埋め込むと、

「あうぅぅ……！」

冴子はお湯に光る背中をのけぞらせる。

ゆったりと抜き差しをするだけで、

「あああ、ぁああ、いい……いいのよぉ」

冴子は湯船の縁をつかむ指に力を込めて、感じるままに顔を上げ下げする。

両足をぴんと伸ばして、踏ん張っている。それでも、ぐんっと打ち込むと、滑稽な破裂音が浴槽に響き、

「ぁあああ！」

凄艶《せいえん》な喘ぎとともに、冴子の膝が折れそうになる。

まとわりついてくる肉襞を押し退《の》けるように抜き差しをつづけるうちに、射精前に感じる甘い逼迫《ひっぱく》感が込みあげてきた。

つづけざまに叩きつけると、感覚が一気にひろがってきて、

「あんっ、あんっ、あんっ……いい、イキそう。あなた、冴子、イクわ」

「そうら、イケよ。俺も出すぞ」

破裂音が立つほど腰を尻に叩きつけて、前を向いたそのとき——。

湯けむりの向こうのすりガラスに、人影が動くのが映った。

(うん、誰だ？)

ハッとして動きを止めると、

「ああ、どうしたの、もう少しなのに……」

冴子が焦れったそうに腰を揺らめかした。

「いや、今、窓に人影が映ったような気がしたんだが……」

「そんなはずないわよ。気のせいよ。つづけて。お願い」

廉太郎はふたたび律動を開始する。

(しかし、確かに見えたんだが……)

外はすでに薄暗くなっているが、すりガラス越しに、漏《も》れた風呂場の明かりに照らされた、人の頭部と肌色の顔が透けて見えた。

今はもう目を凝《こ》らしても、人影はないのだが。

(気のせいか？　いや、確かに見えた)

誰だろう？　考えられるのは、今日も納屋のリフォームをしていた菱沼だが——。

そんなふうに気が散ったのがいけなかった。

さっきまでいきりたっていた分身が、力を失くしていた。

突いても突いても、膣を貫いている実感がない。

(ああ、この感覚は……)

過去の忌《い》まわしい記憶がよみがえってきた。その不安が一度湧きあがると、もうダメだった。

「ああん、どうしたの？」

冴子がもどかしそうに腰を突き出してくる。

もう無理と判断して、廉太郎は無用の長物と化した肉茎を外して、代わりに、三本指を押し込んだ。

まとめて棒状にした指の連なりを、蕩けきった肉路に押し込み、ピストン運動させせながら、腹側のスポットを強く擦りあげてやる。

ジュブッ、ジュブッと淫靡な音とともに葛湯《くずゆ》のような粘液がすくいだされて、指を付け根まで濡らす。

「ぁああ、ああ……いい。そこよ、もっと強くして……そこよ、そこ、押して。もっと、もっと……」

冴子がさしせまった様子で腰を振った。アドバルーンのような尻がぐっと後ろに突き出され、アヌスがひくつき、痙攣のさざ波が太腿に走っている。

「そうら、イッていいんだぞ」

どろどろになった膣肉を指で抜き差しすると、

「イク、イク、イッちゃう……わたし、指でイッちゃう……」

「イケよ。指でイケ」

「はい……指でイク……ぁああ、来る、あなた、来るわ……ぅぁあああぁぁぁぁぁぁぁぁぁ、はうっ！」

冴子は凄まじい絶頂の声をあげ、ぐーんとのけぞりかえった。

それから、憑き物が落ちたように、へなへなっと浴室の床に崩れ落ちた。

3

冴子には農作業や竹細工をさせないと決めて、ひとりですべてをやろうとしたものの、やはり、皺寄せが竹細工のほうにきた。

一年かけて竹細工を学んだのだが、実際にやってみると、まったくはかどらずに、予定のノルマの半分もこなせない。

できあがった作品も、とても人さまに売れるような代物《しろもの》ではない。

(困った、どうしたらいいのだろう？)

役場の渕上に相談したところ、それだったら、適任の人がいますよ――という答えが返ってきた。

女は井口野枝《いぐちのえ》と言って、二十五歳で独身。この村で生まれて、しばらく、九州のほうで竹細工を学んでいたが、半年前に郷里であるこの村に帰ってきて、家の手伝いをしていた。

渕上の高校の後輩であり、つい先日、会ったときに、廉太郎のことを話したら興味津々《しんしん》で瞳を輝かせていたという。

『竹細工関係の人が二人、この村に集まったんですよ。偶然とは恐ろしいと思いましたよ。だけど、黒木さんは黒木さんでやられると思っていたので、紹介するのもかえって迷惑かなと控えていました。でも、そういうことなら、ぜひ紹介させてください。井口さんも喜ぶと思いますよ』

『大変ありがたいんだが、しかし、給料を出せるかどうか保証できないよ』

『そのへんは彼女にも事情を話しておきます。ですが、お金が欲しくて竹細工をはじめた人ではないので、何とかなるかもしれません』

そんな遣り取りがあり、廉太郎は彼女とひとまず会ってみることにした。

四月になって、この地方もだいぶ暖かくなった。

ぽかぽかした陽光が降り注ぐ昼下がり、廉太郎が縁側で冴子とともにお茶を啜りながら、二人が来るのを待っていると、垣根の向こうに男と女がこちらに向かって歩いてくるのが見えた。

先頭に立っている細身の男は渕上だから、その後につづいている若い女が井上野枝なのだろう。

遠目から見ても、早足で歩く渕上を追いかけ、時々話しかけてはこちらを見る女の生き生きとした様子には一生懸命さのようなものがうかがえて、好感が持てた。

二人が敷地に入ってきた。

居間に通そうとしたところ、野枝が「まだ決めたわけではないので、ここでいいです」と遠慮するので、縁側での紹介となった。

黄色のTシャツを着て、ジーンズを穿いた野枝は、生き生きとした大きな目が特徴的で、健康的に焼けた小麦色の肌とTシャツの胸をこんもりと持ち上げたたわわな胸が目を惹いた。

接する者を惹きつけずにはおかない真摯《しんし》さとかわいらしさが端々《はしばし》にのぞいて、廉太郎はいっぺんに魅了されてしまった。

小さい頃から細かいものを作るのが好きで、高校を出て、熊本県の人吉《ひとよし》盆地で竹細工の修業をし、その後、しばらく岐阜で木工をやって、郷里に帰ってきました――。

野枝は、自分の半生を伏目がちに話しながら、自分がどう受け止められているのかを知りたいとでもいうように、ちらりと廉太郎と冴子を見る。

その表情が愛らしくて、胸が甘く疼いた。

接し方で、冴子も彼女にいい印象を持ったことがわかった。

「こっちはまだ初心者だから、あなたのようにきちんと修業をした人に手伝ってもらえるのは、願ってもないことだ。ぜひ、一緒にやらせてほしい。ただ……」

労働報酬がほとんど払えない可能性が高いことを告げると、

「……あの、わたしのほうからの勝手な提案で申し訳ないんですが……」

「いいよ。言《い》ってごらん」

「お金は要りません。その代わり……住み込みで働かせていただけないでしょうか？」

「住み込みって……でも、ご実家が近くにあるんじゃないの？」

「はい……でも、ちょっと事情があって、できれば実家を出たいんです。ですので、三度の食事と寝るところがあれば……」

「それは、こっちも願ってもないことだ。なあ、冴子」

「ええ……あなたのような方が来てくれたら、ほんとに助かるわ。それに……野枝さんを見てると、すごく働くのが好きな人だって気がするの。あっ、間違っていたらゴメンなさいね」

「いえ……たぶん、そうです。わたし、じっとしていられないタイプなので」

「じゃあ、ちょうどいいわ。じつはわたし、ほんと怠《なま》け者で、動くことが嫌いな人なの……野枝さん、畑仕事はできます？」

「ええ。土いじりは大好きです」

「やっぱり、そんな気がしたわ。だったら、夫の畑仕事も手伝ってもらえない？」

冴子があまりにも都合のいいことを言うので、廉太郎はうろたえた。

「おいおい、よしなさい。そんなことまで……」

「いいですよ。わたし、ほんとうに農業も好きなんです。小さい頃から、家の近くに自分の畑があって、野菜とか作っていましたから」

野枝の生き生きとした表情で、それがウソではないことが実感できた。

「きっと、これは神様がお三人を出逢わせてくれたんですよ。僕はそう思いますよ……絶対に実現させましょうよ」

渕上が破顔して、三人を交互に見る。

「もう一度訊くけど、ほんとうにその条件でいいんだね？」

「はい……わたしのほうこそ、願ったり叶《かな》ったりです」

「じゃ、決まりですね……井口さんのほうはいつから来られますか？」

渕上が、野枝を見る。

「早いほうがいいです。明日からでも来られますが」

「黒木さんのご都合はいかがです？」

渕上に訊かれて、

「もちろん、大丈夫だよ。そうだな、冴子？」

「ええ……大助かりだわ」

「じゃあ、そうしましょう。いやあ、よかった。こっちも安心したし、期待感が湧いてきましたよ。竹細工、ばんばん売って、この村の特産品にしましょう」

渕上は相変わらず人を乗せるのが上手い。

つられるように、三人もうなずいていた。


翌日、野枝が引っ越してきた。

引っ越しと言っても、家財道具はなく、荷物は服や身の回りの物が詰まったボストンバッグ二つだけだ。

朝早く移ってきた野枝を、ここをあなたの部屋にと、日当たりのいい角部屋に案内した。

と、ものの十五分も経たないうちに、グレイの作務衣姿で出てきた。廉太郎を見て、言った。

「竹細工のほう、手伝います」

「いや、まだいいよ。疲れているだろうから、少し休んでからで」

「作品の納期が予定より遅れているって聞きました。わたしは大丈夫ですから、やりましょう」

野枝は働き者だった。確かに、じっとしていられない性分なのだろう。

ここのところ、廉太郎は六つ目カゴを集中的に編んでいた。

六本の竹ひごを三方から通して、編み目が六角形になるもので、古くは奈良時代から使われていた。上手く編めば、見た目より強度はぐっと強くなる。

説明をして、材料と道具を与えると、野枝が動きはじめた。

早い、しかも、正確だ。

廉太郎は手を止めて、野枝の仕事に目を奪われた。

仕事場にしているのは一階の広めの和室で、床に厚いベニヤ板を敷いているのだが、その板の上で野枝は正確に器用に竹を編み、難しい部分は膝の上にカゴを載せて、慎重に編んでいく。やはり、本格的に修業を積んだ者は、廉太郎とはまったくレベルが違う。

（そうか、こうすればいいのか）

見ているだけで勉強になった。

そして、一心不乱に働く野枝は、凜として、愛らしかった。

セミロングの黒髪を鼈甲《べっこう》の髪止めを使って、後ろでまとめていた。

小麦色の肌もつやつやで、化粧をしていないせいもあって、健康美に満ちていた。

横顔の鼻筋は通っているが、ちょっと上を向いていて、その生意気そうな感じがよかった。そして、瞬《まばた》きひとつしない目は大きく、長い睫毛《まつげ》がカールしたように反っている。

きゅっと引き絞られた唇は小さめだが、ぽっちりとして柔らかそうだった。

ぼうとして見とれてしまっている自分に気づき、馬鹿、何を考えているんだ、と自分を戒《いまし》める。

それでも、野枝が材料を取ろうとして前屈みになると、灰色の作務衣の襟《えり》元に余裕ができて、おそらくたわわだろう乳房のふくらみと谷間がのぞき、ドキリとしてしまう。

こんなに有能で、しかも性格の良さそうな子と出逢えたのは、渕上の言うようにまさに奇跡であり、最高の幸運だった。

しばらくすると、冴子がやってきた。

「キリがいいところで、やすんでくださいな」

淹《い》れたばかりのコーヒーとクッキーを、隣のテーブルに置く。

「ありがとうございます。すみません」

野枝が手を止めて、礼を言う。

このときばかりは、引っ越してきて正解だった、竹細工も田舎暮らしもきっと上手くいく――そう実感したのだが、しかし、人生そうそう上手くいくものではないことを思い知らされたのは、間もなくのことだった。

第三章　女職人の甘肌

1

晴天がつづいた四月の暖かい日、廉太郎は野枝とともに畑に出て、野菜の苗《なえ》の植えつけを行なっていた。

近くのホームセンターで購入したトマト、ナス、キュウリの苗を畑におろし、植えつけていく。

これが上手く生育すれば、野菜などは購入する必要がなくなる。それにも増して、自分で栽培した野菜や果物は、口にしたとき、きっとひと味もふた味も違うはずだ。

一週間前から土を温めるためにかけておいたポリマルチを取り、そこに、一本一本苗を丁寧に植えて、水を撒《ま》く。

トマトを植える廉太郎の隣では、野枝がナスの苗を畑に埋めている。

さほど日差しが強いわけではないが、やはり、日光を浴びることには女として美容的に抵抗があるのだろう、野枝は麦わら帽子をかぶっている。

半袖《はんそで》のTシャツはすでに汗が滲んで、腕をあげると、腋窩《えきか》に黒ずんだシミができていた。廉太郎の視線を感じたのか、野枝はハッとして、額の汗を拭いていた手をおろして、腋を隠す。

じっとしていることが嫌いで活動的な野枝だが、時々見せる女の羞恥《しゅうち》をいじらしく感じてしまう。

そして、野枝は足首の締まっただぼっとした作業ズボンを穿いていた。紺色に白い模様の散ったそれは、一昔前のモンペのようであり、廉太郎はそのレトロな姿に郷愁をかきたてられる。

風向きの関係からか、時々、野枝の甘酸っぱい汗の香りが鼻先をかすめる。

そうなると、廉太郎の手の動きは止まってしまう。

野枝はしゃがみ込んで、一生懸命に苗を植えているので、どうしても隙ができるのだろう。Tシャツの胸元にゆとりができて、たっぷりとした乳房の丸みがのぞき、廉太郎は見たいという願望を押し殺して、目を逸《そ》らす。

休憩《きゅうけい》を入れながら、買ってきた苗をすべて植え終えたのは、まだ、午後三時を過ぎたところだった。

「思ったより、早く終わったな。野枝さんのお蔭だ」

汗を拭きながら言うと、

「そう言ってもらえると、やり甲斐《がい》があります」

野枝が真っ白な歯をのぞかせて、にこっとした。それから、白い手拭《てぬぐ》いで、首すじに噴き出している汗を拭う。

長靴や軍手を土で汚しながらも、明るく微笑む野枝を見ていると、廉太郎は暖かい気持ちになる。

野枝が家に寝泊まりするようになって、ほぼ一カ月が過ぎ、その間、野枝は竹細工作りだけではなく、野良仕事に出るときもつきあってくれる。

彼女のお蔭で田舎暮らしも軌道に乗りつつあった。

いくら感謝してもしきれない。いや、それだけではないものを、廉太郎は感じ取っていた。

たとえば、野枝が風呂からあがったときに見せる桜色に染まった肌とか、夕食を摂《と》っているときの美味しそうに食べるその所作とか、夜更《よふ》けに用足しに部屋を出て、廊下で偶然会ったときに見せる、野枝のびっくりしたような羞《は》じらうような表情などに、廉太郎は年甲斐もなく胸がきゅんと疼いてしまう。

　そして、野枝自身もその態度から推して、廉太郎を悪くは思っていないように感じる。野枝はお酒も好きで、酔ったときに、同年代よりも歳の離れた男性のほうが安心できていい、と洩らしたことがある。

（自分も歳の離れた男性のうちのひとりじゃないか）

　そう思いついて、ドキッとしたものだ。

「じゃあ、いつもより早いけどあがろうか」

「はい……帰ってから、竹細工もできますね」

「まだ、やるのか？　ほんとうに野枝さんは疲れ知らずだ」

「そうですか？」

「ああ、元気で働き者だ。あなたのような嫁さんをもらった男は果報者だよ」

　思わず言うと、野枝はちょっとはにかんで、

「帰りましょ」

　畦道《あぜみち》に置いてあった竹のカゴを背負った。

　廉太郎も道具類を持って、先頭に立ち、畦道を歩いて帰路につく。

と言っても、この畑から家までは歩いて五分の距離だ。

周囲の木々は新緑に色づき、そのみずみずしい風景を眺めながら道路端を二人で歩いた。

裏に竹林を持つ、平屋にしては切妻《きりづま》屋根の頂上が高く、美しい曲線を描く、どこか旧《ふる》き良き日本を思わせる我が家は、遠くからでも目立つ。

家に着き、庭を突っ切って、道具をしまおうと二人で納屋に向かった。

思ったより長くかかった納屋の修復もすでに終わっている。

瓦葺《かわらぶ》きの木造建築で、腐りかけていた内部や外装は新しくしてある。

閉まっている木戸を開けようと手をかけたとき、

「あああ、ぁああ、ぁあああん……いい！」

女の喘ぎが木戸を通して、漏れてきた。

地の底から湧きあがってくるような女の声には、もちろん聞き覚えがあった。

(冴子か……！)

一瞬にして身も心も凍りつき、同時に、衝撃に打ちのめされた。

まさか、こんなところで冴子がオナニーしているとは考えられない。

(いったい誰とだ……？)

大工の菱沼の顔が脳裏に浮かんだ。

心の底では、あり得ることだと思いつつも、まさか、そこまでしないだろうという甘い考えがあった。工事は終わっているが、今日はその修繕に来る予定だったから、廉太郎の留守をいいことに、密会をしているのだ。

やはり、風呂場を覗いたのも菱沼だったのではないか？

もしかして、冴子のほうから、風呂場でセックスをするから、覗くようにけしかけたのではないか——今となってはそう思える。

おそらく、この情事に誘ったのも冴子だろう。

「あああ、いい……止まらない。止まらないのよぉ」

ショックに打ちのめされている廉太郎に、冴子のあられもない喘ぎが追い討ちをかける。

「あの……入らないんですか？」

背後で、カゴを背負った野枝が顔を傾《かし》げる。

納屋から少し離れたところに立っているから、冴子の喘ぎは聞こえていないのだろう。そして、野枝には妻の不倫の喘ぎ声を絶対に聞かせてはならない。

「済まないが、先に母屋《おもや》に入っていてくれないか？　片づけはこちらでやっておくから……カゴを」

「ああ、はい……」

野枝は怪訝《けげん》そうな表情で、背中からカゴをおろして、廉太郎に渡す。

それから、納得しかねる様子で母屋に向かう。

モンペにTシャツの後ろ姿が土間の玄関に消えていくのを見届けて、廉太郎は道具類をそこに置き、納屋の横手にまわった。

相手が誰であるのかを、この目で確かめたかった。

透明ガラスの窓から、そっとなかを覗くと——。

乾燥中の青竹が束ねて横たえられ、農機具が見える。

そのまま視線を落としたとき、廉太郎は凍りついた。

剝《む》き出しの地面には茣蓙《ござ》が敷かれ、その上で男女がからみあっていた。

仰向けに寝た菱沼にまたがっているのは、やはり、冴子だった。剝き出しになった下半身の白さが目を射る。そして、冴子は何かにとり憑かれたように激しく腰を振っている。

下から両腕を伸ばした菱沼も、たくしあげられたシャツからこぼれでた乳房を、赤《しゃく》銅《どう》色に焼けたごつい手で荒々しく揉みしだいていた。

廉太郎は息を呑んでいた。

野獣と美女を思わせる二人の、本能を剥き出しにしたまぐわいに圧倒されていた。

動けなかった。

そして、金縛《かなしば》りにあった廉太郎の数メートル離れた地面の上で、

「ああ、いい……いいのよぉ」

冴子があさましく腰を振る姿が、窓ガラスを通して見える。

やや後ろから眺める形であり、大きく張りつめた双臀《そうでん》が縦に振られ、振りあげたときに、尻の底を男根がうがっている様子が否応《いやおう》なく目に飛び込んできた。

（………！）

妻の体内に出入りを繰り返す肉棹の太さと長さに、気圧《けお》されていた。

菱沼は体格もいいが、それに比例して、アソコもデカかった。太さなどは、廉太郎の二倍はあろうかと思われた。

（あんなモノを受け入れたら……）

女は快感を得るために、モノの大きさは関係ないと言う。だが、男はどうしても、モノは大きいほうが女を愉悦に導くことができると考えてしまう。

（バカ、そんな問題じゃないだろ……お前は妻を、大工に寝取られているんだぞ！）

以前、風呂場での中折れがあってから、妻とのセックスは上手くいっていなかった。それ以来、満足に抱いてやっていない。

きっと、それで冴子は……。

しかし、性欲を満たされていないからと言って、妻が夫を裏切っていいということにはならない。そう、これは不倫だ。裏切りだ。

菱沼を追い出して、冴子を怒鳴りつけるべきだ――。

しかし……圧倒されてしまっているのか、体がすぐには動かない。

躊躇《ちゅうちょ》していると、冴子が腰を持ちあげて蹲踞の姿勢になった。

そして、菱沼が腰を突きあげはじめた。

明らかに並以上のイチモツが、妻の体内を下から激しくうがち、姿を消し、またあらわれる。

ふん、ふん、ふんっと菱沼の鼻息が聞こえ、

「あっ、あっ、ぁあああ……壊れるぅ」

冴子はその上で、がくん、がくんと身体を揺らして、さしせまった声を放っている。たくしあげられたシャツからまろびでた乳房が、ぶるん、ぶるんと波打つのが生々しく目に飛び込んでくる。

そのとき、廉太郎は作業ズボンの下でイチモツが強張《こわば》っているのを感じた。

(何てことだ……！)

自分でも不可解な反応に驚いた。

(俺は、妻が他の男とやって、感じている姿を見て、昂奮するのか？)

周囲に人影がないのを確かめて、ズボンの上から股間を触ってみた。やはり、それはびっくりするほどに硬くなっていた。

(どうして……？)

頭が混乱してきた。しかし、股間のものは確実に硬度を増している。

「あんっ、あんっ、あんっ……」

目の前で、冴子は髪を振り乱し、上体を上下動させて、首から上を気持ち良さそうにのけぞらして、納屋の天井を見ている。

菱沼の突きあげがやむと、もどかしいとばかりに、冴子が腰を縦に打ち振りはじめた。

納屋は窓から光が射し込んでいるものの薄暗く、淫靡な明かりのなかで、仄白《ほのじろ》い尻が上下し、本能の赴《おもむ》くままにぐいん、ぐいんとうねる。

「ぁああ、ぁああ……イク、菱沼さん、冴子、イクわ……」

根元まで呑み込んで、腰を激しく前後に打ち振っていた冴子が絶頂間際に見せる痙攣をはじめた。

と、菱沼が上体を立てた。

「奥さん、まだイクのは早いよ」

嗄《しやが》れた太い声で言って、冴子の着ていたシャツを首から脱がせた。

まろびでてきた乳房にしゃぶりつき、乳首を吸い立てる。

そして、冴子は悦びをあらわにして、

「あああ、乳首が気持ちいい……あんっ、あんっ」

乳房を男の舌に預けながら、腰を激しくくねらせつづけている。

(冴子……どうしようもない女だ。どうしようもない……)

怒りと失望を感じているはずなのに、股間のものはドクン、ドクンと強い鼓動を刻んでいる。

イチモツをズボンの上から揉むと、先走りの粘液がズボンにも滲み、かるく擦るだけで、頭が痺れるような快美感が込みあげてきて、自然に目が閉じてしまう。

冴子の喘ぎが途絶え、ハッとして目を開けると――。

莫蓙の上に仁王立ちした菱沼のいきりたつものを、両膝をついた冴子がおしゃぶりしていた。

廉太郎の二倍はあろうかというう長大なイチモツを、冴子は貪るように頬張っている。野太いものにからめた唇を勢いよくすべらせ、いったん休んで、亀頭部を咥えたまま菱沼を見あげる。

そして、菱沼は日焼けなのか酒焼けなのか、艶のいい赤ら顔でにたにた不気味に笑って、冴子の髪を撫でている。

(くそっ、何だ、そのいやらしい笑いは!)

菱沼は冴子を愛してなどいないだろう。この野卑な男にそんな感情があるとは思えない。

きっと、冴子を性欲を持て余した人妻くらいにしか思っていないだろう。そして、廉太郎は妻の欲望を満足させられない男として、嘲笑されている——。

(わからないのか、冴子?)

しかし、今の冴子には、ひたすら下半身の飢えを満たす欲求しかないのだろう。

「んっ、んっ、んっ……」

情欲をぶつけるように顔を激しく打ち振っている。

「おおぅ、おおぅぅ……」

菱沼が天井を仰いだ。

それにつられて、廉太郎が少し視線をあげたとき、エッと思った。

ちょうど真向かいにある窓に、人影が映ったのだ。

（誰だ……？）

目を凝らすと、女だった。そして、野枝と同じ髪形をしていた。

（まさか、野枝が……？）

だが、反対側の窓から顔をわずかに出して納屋を覗いているのは、どう見ても、野枝だった。

（そうか……）

おそらく、廉太郎がなかなか母屋に戻ってこないので、心配して見にきたのだろう。

そして、廉太郎が納屋を覗いているのに気づき、何だろうと思い、見つからないように反対側にまわって……。

（ダメだ。見てはいけない……ダメだ）

とにかく、止めさせなければ——。

廉太郎は慎重にその場を離れて、反対側に向かった。

すると、顔を半分だけ窓の前に出して、なかを覗いている野枝の姿が見えた。

足音を忍ばせて近づいていく。

背後に立つと、野枝がハッとしたように振り返った。

そして、廉太郎は気づいた。

野枝の頬や首すじがぼぅっと朱に染まり、大きな目が涙を浮かべたように潤んでいることに。

それは、女が感じているときの表情だった。

（野枝さんも、性欲を燃やすのか……）

日頃は清楚で明るく、淫らさを感じさせない女だけに、その驚きは大きかった。

自慰行為を発見された少女のように、野枝は呆然として、凍りついていた。

竹細工をするときの作務衣に着替えている野枝の身体が細かく震えて、膝ががくがくと笑っていた。

それが、廉太郎に見つかっての罪悪感からくる震えなのか、それとも、性的な高揚感からくるものなのか、はっきりしない。

だが、廉太郎は脳天で何かが弾けるような昂《たかぶ》りに見舞われ、身動きできなくなった。

そのとき、

「あん、あんっ、あんっ……」

冴子の一段と強くなった喘ぎが、外に漏れてきた。

当然耳に入ったのだろう、野枝が眉をひそめた。それから、耳まで真っ赤になってうつむいてしまった。今にも倒れそうなほどにふらついている。

このまま野枝の手を引いて、立ち去るべきだ。

しかし、どうしても視線はなかの二人に引き寄せられる。

廉太郎のほうが頭ひとつ分、野枝より背が高い。

野枝の頭上から窓越しに覗くと、いつの間にか、冴子が這っていた。

そして、莫蓙に四つん這いになった全裸の冴子を、これも素っ裸の菱沼が後ろから貫いていた。菱沼は浅黒く、筋肉質の太い体をしていた。そして、冴子は色白で女らしいふくよかさに富んでいる。

田舎の屈強で獣のような男に、凌辱される都会から来た令夫人——。

そんなシチュエーションが、否応なく廉太郎を昂らせる。

菱沼に豪快に腰を叩きつけられて、乳房をぶらんぶらんと揺らし、

「あんっ、あんっ、あんっ……いい。イッちゃう。イッちゃう！」

冴子があからさまな声をあげて、莫蓙を鷲づかみにした。

そして、廉太郎は妻の喘ぎを野枝に聞かれることに、激しい羞恥と屈辱を感じた。

と、野枝が廉太郎の胸に顔を埋めるようにして、腕をぎゅっと握ってきた。

手のひらは汗ばんで、肢体がぶるぶる震えている。

そして次に、自分のしたことは、恥ずべきことだった。わかっている。だが、そうせざるを得なかった。

うつむいた野枝の髪から出た耳はボーッと赤くなっていたし、そのせわしない息づかいや身体の震えで、野枝は性的に昂っていると感じたのだ。

（こんなことはしてはいけない。いけない……）

しかし、体が動いていた。

野枝の手をつかんで、股間にそっと押しあてた。

一瞬びくっとして引いていく手を、ふたたび強引にズボンのふくらみに持っていく。

今度は、野枝は逆らわなかった。

作業ズボンを突っ張らせた男の持ち物に手のひらをあてたまま、深くうつむいた。

そして、納屋からは、

「ぁああ、ぁああ、いいっ！　もっと、もっと突いて。メチャクチャにして」

完全に抑制を解き放ってしまった冴子の、甲高い喘ぎ声が外にも漏れてくる。

そして、野枝はそのあられもない声で金縛りにあったように、ズボンの股間に手を添えたまま動かない。

だが、息づかいは荒くなり、作務衣の胸が大きく波打っている。

全身から、発情した女の気配がただよい、それが、廉太郎にいつもはできないことをさせてしまう。

股間にあてがわれた野枝の手をつかんで、上下に動かした。

かぶせていた手を放すと、野枝は一瞬動きを止めたが、やがて、おずおずとさすりはじめた。

明らかに自分の意志で動いている。いや、それは意志というより、彼女の体内でふくらんだ女の欲望がそうさせているのだろう。

「あんっ、あんっ、あんっ……いい。イク、イッちゃう！」

納屋から聞こえる冴子の喘ぎが一段と高まってきて、野枝はそれを聞きたくないとでも言うように首を左右に振った。

いやいやをしながらも、股間をさする手には力がこもり、斜め上方に向かっていきりたっている勃起をぎゅっとつかんだり、上下に擦ったりする。

(ああ、こんな清廉《せいれん》な子も、こんなことをするんだな)

頭まで突き抜けるようなパルスに貫かれ、股間のものが頭を振って、手のひらのなかで躍りあがる。

イチモツが、こんなになったのは、いつ以来だろう。

そして、野枝は顔を廉太郎の胸板に埋め込むようにして、
ハア、ハア、ハア――。

と、胸を喘がせるのだ。

気づいたときは、野枝を胸のなかに抱きしめていた。

柔らかな髪が顎の下に触れている。激しく波打つ胸のふくらみを感じる。

野枝は香水類を一切つけない。その分、汗ばんだ女の放つ、男を蕩《とろ》けさせる甘い体臭が、廉太郎を包み込んでくる。

ふいに、思った。

(俺はこの女が好きだ。その穢《けが》れなき心も、この肉体も……)

そして、妻の冴子は獣のような男と、白昼堂々とまぐわっている――。

まだつづきそうな妻と間男のセックスなど、もうどうでもよくなった。

「野枝さん、行こう」

廉太郎は、野枝の震える肩を抱き寄せながら、母屋に向かった。

2

ふらつく野枝を抱きかかえるようにして、母屋の土間から上がり框《かまち》へとあがったとき、廉太郎は自分がどうしたいのかはっきりと決めていなかった。

せっかくいい関係を築いてきたのに、ここで無理をして、野枝から肘鉄を食らいたくはない。

野枝を大切に思うがゆえに、迷った。

だが、妻の裏切りが、廉太郎の背中を押した。

(お前は野枝さんをほんとうに愛しているか？　引き受ける覚悟はできているのか？)

自問自答した。

答えはイエスだった。

野枝を抱きたい。だが、どこで？

頭に浮かんだのが、屋根裏部屋だった。

この家は、昔、養蚕《ようさん》業を営んでいて、屋根裏は養蚕のために広い空間が取ってあり、家をリフォームする際に、老朽化した部分を修復してあった。

あそこなら、たとえ、冴子が母屋に帰ってきても、見つからないだろう——。

「野枝さん、屋根裏にあがろう」

「えっ……？」

「いいから」

廊下に出て、屋根裏にあがる階段をおろす。

普段は収納されていて、昇り降りをするときだけに階段を出す仕組みになっていた。

ギーッと軋《きし》んだ音を立てて木の階段がおりてきて、廊下に斜めにかかった。

とまどう野枝を追い立てるように階段をのぼらせ、自分もその後からあがっていく。

屋根裏に出たところで、階段をあげて、ロックをかける。

これで、もう階下から屋根裏にあがる手段はない。つまり、密室になった。

木材の匂いとともに、天井裏の澱《よど》んだ空気が体を包み込んでくる。

急な切妻屋根で、しかも平屋だから、梁の剥き出しになった屋根裏は二階と言ってもいいほどに広く、三角の形をしていた。

その壁には、採光用の窓が切られて、午後四時の陽光が射し込んで、木の床に窓の形を落としている。

かつて蚕《かいこ》を飼っていた棚には、今は参考にしている竹細工の製品や、ちょっとした道具類が置いてあり、床には、短く切った乾燥中の竹が束ねて横たえてあった。

そして、これはリフォームする際に設けたものだが、屋根裏の一角には、寛《くつろ》ぐための四畳半の畳が敷いてあった。

棚を背にして、呆然として立ち尽くしている野枝を、思い切って抱きしめると、

「あっ……」

野枝は驚いたような声をあげて、わずかに抗《あらが》いの姿勢を示したが、強く引き寄せると、そのままになった。

二人がひとつに溶け合ってしまうようなしなやかな身体だった。

野枝もいやというわけではないのだろう、顎の下に顔を置いて、このひとときを味わっているような気配さえ感じられる。

(いいんだな……)

顔をあげさせて、キスしようとすると、野枝が顔を伏せて、拒んだ。

「ダメです」

「……」

「奥さまがいらっしゃいます」

「……あんな女だぞ。見ただろう？　白昼堂々と男を引っ張り込む女だぞ。あんなやつ……」

「今は、感情的になっていらっしゃるから、だから……」

「そうじゃない。野枝さんが好きなんだ。ほんとうだ。俺の気持ちはあなたにもわかっていたはずだ」

野枝ははにかむように廉太郎を見あげた。それから、思いを否定しようとでも言うように首を左右に振る。

「野枝さんは俺のことが嫌いか？」

訊ねると、ややあって、野枝が答えた。

「いえ……」

「だったら……」

「でも……奥さまを裏切れません」

「わかっている……自分が何をしているのかも、わかっている。しかし……あなたに迷惑はかけない。冴子にはこのことは口が裂けても言わない。二人だけの秘密にしよう。野枝さんが欲しい」

きっと、廉太郎は必死の形相をしていたのだろう。

野枝の表情がふっとゆるんだ気がして、もう一度、唇を寄せた。

今度は、野枝は顔をそむけなかった。

唇を重ねたときに、なんて柔らかな唇なんだと思った。まるで、赤ちゃんのようだ。それもそのはずで、野枝は二十五歳で、恋人というよりも、むしろ、娘と呼んだほうが相応《ふさわ》しい年齢の女だ。

五十路を越えて、まさか、娘ほどの年頃の女を好きになるとは……。だが、これは真実であり、人を好きだという気持ちは抑えられなかった。

野枝は目を閉じて、顔をやや上に向けて身を任せている。

合わさった長い睫毛が震えているのを見たとき、胸に熱いものが込みあげてきた。

顔を傾けながら、少し強めに唇を押しつける。

と、それまで頑《かたく》なに閉ざされていた野枝の唇がほどけた。

「んんんっ……」

引いていこうとする顔を引き寄せながら、舌を潜り込ませると、野枝の舌がおずおずとした感じで、触れてくる。

舌の先と先がからみ、思い切って野枝を胸のなかに強く抱き寄せ、その勢いで唇と舌を貪った。

「んんっ……んんっ……」

野枝はくぐもった声を洩らしながら、ぎゅっとしがみついてくる。腕をどこにまわしていいのかためらっているような、そのぎこちない抱擁が、この女を大切にしなければいけないという保護欲のようなものをかきたててくる。

ふいに、野枝が下腹部を濡らしているかどうかを知りたくなった。

作務衣のズボンの紐《ひも》を解き、上端から右手を差し込むと、

「んっ……！」

野枝が腰を引いた。

逃げようとする腰を引き寄せ、パンティの裏側へと指をすべり込ませると、キスをやめた野枝がぎゅうと太腿をよじりたてて、懸命に腰を引く。

その理由はすぐにわかった。

猫の毛のように柔らかな陰毛の流れ込むあたりに、ぬるりとした粘液があふれていた。

自分でも濡らしているのがわかるのだろう、野枝は真っ赤になってうつむいている。

顔をあげさせて、ふたたび唇を奪い、舌をからめながら恥丘の底を指でなぞると、野枝はビクン、ビクンとしゃっくりでもするように躍りあがった。

感じているのか、それとも、体験が少なくて怯《おび》えているのか？

その両方だという気がした。

潤みの底を撫でるうちに、そこはますます蜜をあふれさせ、指がぬるっ、ぬるっとすべる。陰唇が花開いて、粘膜質がひろがった。

パンティを押し退けながら、中指を立てて泥濘《ぬかるみ》を往復させる。上方の突起を指先でかるくこねると、

「んんんっ……うぐ……ぐっ……！」

野枝は唇の隙間からくぐもった息を洩らし、腰を揺らめかした。

股間のものが痛いほどに勃起して、作業ズボンを突っ張らせていた。

最近、冴子を抱こうとしてもままならなかった不肖のムスコが、野枝を前にして、往時を思い出したようにいきりたっている。

左手で野枝の手を導いた。

ズボンのふくらみに触れた野枝は、手を逃がそうとはしなかった。

性感が高まってしまったのだろう、今回は情熱的に撫でてくる。

肉茎の形を浮きあがらせたズボン越しに、屹立を逆手で握り、おずおずとではあるが、さすってくる。

さらには、持ち替えて、順手でしごいてくる。

その間も、お互いの唇は合わさり、廉太郎の右手は裂唇をさすりつづけている。

二人の腕が交錯し、野枝の腕の動きが伝わってくる。

しかし、この気持ち良さはどうだろう。

野枝の指には、まるで快感発生装置でもついているようで、触れられている箇所から痺れるような快美感がひろがり、亀頭冠に指が触れようものなら、射精しそうな歓喜が走り抜ける。

そして、太腿の奥に差し込んだ指にも、蛞蝓《なめくじ》のようなぬめりがからみついてきて、

「ぁああ……ぁうぅぅ……ダメです」

キスをしていられなくなったのか、野枝が唇を離して首を振った。

廉太郎は作業ズボンのベルトをゆるめ、ブリーフとともに脱いだ。

分身は信じられないほどの角度で臍《へそ》に向かっていた。

それを目にした野枝が、ハッとしたように顔をそむける。

「あなたが欲しくてたまらない。だから、こんなになる……」

野枝の手をつかんで勃起に導くと、しなやかな指がからみついてきた。

しっとりと汗ばんだ五本の指が、ゆるゆると表面をすべりはじめた。

強く握ってはいない。ゆるやかに握りながら、なぞってくる。それだけで、

「あっ……くっ……」

思わず声が出た。

指が這いあがってきて、その形を確かめでもするように亀頭冠をなぞってくる。そうしながらも、野枝は胸に顔を埋めて、

「あっ……あっ……」

哀切な声をこぼしている。

作務衣に包まれた腰がじりっ、じりっとくねりはじめていた。

廉太郎の指で愛撫を与えつづけられている女の谷間は、今やその形状が曖昧《あいまい》になるほどに潤滑油にあふれ、そこに指が這うたびに、腰が前後に揺れた。

やがて、野枝は自力では立っていられなくなったのか、棚に背をもたせかけて、

「あっ……くっ……」

洩れそうになる喘ぎを、右手の指を噛んでこらえる。

顎があがり、のけぞった細い首すじが悩ましい。

もう我慢できなくなった。

廉太郎はしゃがんで、作務衣を純白のパンティとともに引きおろして、足首から抜

き取った。

その間も、野枝はいやいやをするように首を振るだけで、されるがままだった。

下腹部をあらわにされて、野枝がそこを手で隠した。

しゃがみ込もうとするのを立たせ、片足をぐいと持ちあげる。

「あっ……いやです……」

閉じようとする膝をつかんで持ちあげ、手を外させて、翳りの底に顔を埋めると、

「あうぅぅ……いや、いや、いや……シャワーも浴びてない。汗をかいてる……」

「かまわない。ありのままのきみを愛させてくれ」

左膝を右手で腰の高さまで持ちあげて、廉太郎は女の証《あかし》に貪りついた。

仄かなチーズ臭がこもったそこは、すでにオイルを塗りつけたようで、陰唇はひろがって、狭間の粘膜が濃いピンクにぬめ光っていた。

そして、中央に向かうにつれて密度を増す翳りは濃いほうで、鼻先にじゃりじゃりとあたる。

無我夢中で、狭間を舐めた。

貪りつき、舌をべったりとつけて、全体に這わせると、

「うっ……あっ……あっ……やっぱり、ダメです……わたし、奥さまと顔を合わせら

れなくなる」

野枝が頭をつかんで引き剝《は》がそうとする。

「冴子だって、俺と顔を合わせられないはずだ。だが、あいつは平然とした顔で俺と接するよ。いや、それがいいことだってわけじゃない。お互いさまってことだ。それに……人を好きだって気持ちは抑えられない。初めて会ったときから、心が震えた。だから、わかってくれ。許してくれ」

気持ちを打ち明け、廉太郎はふたたび顔を翳りの底に埋めた。

プレーンヨーグルトに似た味覚を味わいながら、潤みきっている狭間に舌を強く押しあてて往復させると、

「くうぅぅ……あっ……あっ……」

野枝は抑えきれないといった喘ぎをこぼし、自分のしたことを恥じるように、右に左に顔を打ち振る。

廉太郎は狭間を舐めあげていき、その勢いのまま上方の肉芽をピンと弾くと、

「あっ……！」

ひときわ激しい喘ぎが迸り、腰が躍った。

廉太郎は突起を舌でさぐりあて、下から持ちあげるようにして根元をあやし、さら

に、舌を旋回させた。

唾液まみれの肉片が敏感な陰核の周囲をなぞると、

「くうぅぅ……ああ……ああ……」

一線を越えたのか、野枝の洩らす喘ぎの質が変わった。

何かに陶酔しているように喘ぎを長く伸ばし、両手で棚の縁をつかみ、顔をのけぞらせている。

廉太郎が突起を頬張って、かるく吸いあげると、

「はぁあああ……!」

一段と激しく喘いで、野枝が恥丘を押しつけてくる。

そのもっと欲しいとでも言うような動きが、廉太郎をかきたてた。

廉太郎は体を起こし、右手を腋の下に入れると、しゃがんで左手を尻の下に入れ、ひょいと抱きあげた。

お姫様抱っこの形である。

野枝はどうしていいのかわからないといった困惑の色を見せながらも、廉太郎にしがみついてくる。

作務衣の上着だけつけて、下は丸出しの野枝を、廉太郎は落ちないように気をつけ

ながら運んでいき、四畳半の畳にそっとおろす。

作務衣の上着も脱がせ、純白でレース刺繍《ししゅう》のついたブラジャーも外してしまう。

一糸まとわぬ姿で、畳に仰向けに寝た野枝の姿に、見とれた。

窓から射し込む陽光は翳りはじめているがまだ明るく、野枝の裸身に光を落とし、健康的に張りつめた肌を仄白く浮かびあがらせている。

手で隠された乳房は思ったようにたわわで、お椀形にふくらみ、赤く色づいた乳暈と乳首が見え隠れする。そして、よじりあわされた太腿の奥では、翳りが漆黒の光沢を放っていた。

全体につくべきところに肉がつき、むちむちとしている。だが、ウエストや、足首や手首などは細く、男をそそる体つきをしていた。

3

ふと、冴子のことが気になった。

普段なら、まだ廉太郎と野枝が畑から帰る時間ではない。

だから、冴子がたとえ菱沼との情事を終えたとしても、二人をさがしはしないだろう。それに、滅多にあがらない屋根裏にいるとは思わないはずだ。だいたい、あがろうとしても、階段がロックされていて無理だ。

屋根裏が密室状態になっているから、安心感がある。

野枝が下からつぶらな瞳を向けて、言った。

「……わたしを、大切にしてもらえますか？」

「ああ、大切にする。野枝さんを傷つけることはしない。絶対だ。だから、安心して身を任せてくれ」

二人の立場や冴子のことを考えたら、吐ける言葉ではない。冴子に知れたら、何をするかわからない。しかし、ウソではない。心の声だった。

自分も裸になり、首すじから鎖骨《さこつ》にかけてキスをおろし、乳房をそっとつかんだ。

「んっ……！」

ビクンと震えて、野枝は顔を横向ける。

やはり、敏感な身体をしていた。

さほど性の経験はないように見えるが、もう二十五歳。女としての準備はできているのだろう。

中心にピンクの色を滲ませた乳首はその色も形状も若い。しかし、なぞりあげるように舌をつかうと、それは見る間にしこって、せりだしてきた。

「あっ……あっ……くっ……」

野枝は感じてしまうことを恥じるように、顔をそむけて、指を噛んで喘ぎを押し殺した。

のけぞった顎と首すじの作るラインが儚《はかな》げで、それが、また男心をかきたてる。

もう片方の乳首も舌で転がすと、同じように硬くなり、円柱形にせりだしてくる。

乳首も強い性感帯なのだろう、野枝は湧きあがる愉悦にとまどっているように見える。

その一線を越えてほしくて、廉太郎は丹念に乳首を愛撫する。

上下に舐めて、左右に弾く。

乳首をつまみだして、赤くせりだした頂上にちろちろと舌を走らせる。

そうしながら、もう片方の乳首にも指を伸ばし、側面をつまんで転がすと、

「ぁあああ……うんん……」

野枝は赤子がぐずるような声をあげた。そして、下腹部がもう抑えが利かないとでも言うように、せりあがってくる。

（そうか……両方の乳首を一緒に愛撫したほうが、感じるんだな）

廉太郎は一方の乳首を舌で攻め、もう片方も指でかわいがる。

それを交互にしている間に、野枝の洩らす声はほんとうに泣いているような哀切なものになった。

膝を立てたほうの足が、ずりずりと畳を擦る。

伸びたと思ったら、爪先が反り、下腹部が何かを求めるように突きあがる。

そして、野枝はそれを恥じるように、いやいやと顔を振る。

触れてほしくなって、廉太郎は野枝の手を股間に持ってくる。

と、野枝はいきりたつ肉柱を大胆に握り、情感込めてしごいてくる。

強い欲求が込みあげてきて、抑えきれなくなった。

「できたら、そこを舐めて、濡らしてくれないか？」

思い切って求めると、野枝は小さくうなずいて、身体を起こした。

廉太郎は畳に仁王立ちする。

「あの……」

「何だ？」

「わたし、きっと下手《へた》です」

そう言って、野枝がうつむいた。耳が真っ赤に染まっている。

「いいんだよ。上手い下手の問題じゃない。野枝さんが俺のを咥えてくれる。それだけで、幸せなんだ」

思いを告げると、野枝ははにかんで近づいてきた。

前にしゃがんで、いきりたつものを下からそっと右手で支えて、顔を寄せてきた。

先端の割れ目にちろちろと舌を這わせる。

やり方はぎこちない。だが、二十五以上も年下の若い女が自分の前にひざまずき、信じられないほどに硬くなった屹立を舐めてくれる。

それだけで、廉太郎は舞いあがってしまう。

野枝はこぶりでふっくらとした唇を亀頭冠にかぶせて、しばらくその状態で鼻で息をしてから、静かに抽送する。

柔らかく、感触のいい唇が表面をすべり動き、根元のほうが指できゅっ、きゅっとしごかれる。

「おっ……ぁあぁぁぁ」

想像以上の快感に、思わず声をあげてしまった。

と、それに勇気づけられたのか、野枝は指を離して、唇を奥まですべらせた。

「くうぅぅ……！」

シンボルが温かい口腔に、すっぽりと包まれる悦び――。

しかも、相手は若い女職人であり、廉太郎が心から愛する女なのだ。

野枝はしばらくそのままじっとしていたが、やがて、ゆったりと顔を振りはじめた。

唇が肉棹のどこに触れているのかさえ、はっきりと感じることができる。

意識してやっているのではないだろうが、口が小さいので、おそらく標準サイズのイチモツを持つ廉太郎には、その適度な締めつけ感がちょうどいいのだ。

「おおぅ、野枝さん、気持ちいいよ。アソコが蕩けていくようだ」

口に出すと、野枝の顔振りが激しくなった。

もっと悦んでもらいたいと躍起になっているのだろう。

両手を腰にまわし、一心不乱に唇をすべらせる姿に、廉太郎は早くも込みあげてくるものを感じた。

ふと顔をあげると、正面に屋根裏の三角の壁があり、傾いた西日が窓から射し込んでいた。

茜色が滲みはじめた陽光が眩《まぶ》しい。

そして、野枝は西日のなかで、一途《いちず》に唇をすべらせる。

「ああ、いいぞ……野枝さんと繋がりたい。いいか？」

訊くと、野枝は浅く咥えたまま顔をあげて、目でうなずく。

肉棹を抜き、目を潤ませ、息を弾《はず》ませている野枝を、仰向けに寝させた。

足の間に腰を割り込ませ、膝をすくいあげる。

開いた太腿の間で、濃い飾り毛とともに清楚な女の肉花が、その形状とは裏腹に淫らな潤みをのぞかせていた。

「いいね？」

野枝がうなずく。

唾液にまぶされたいきりたちを小さな肉孔にあてて、慎重に埋めていく。と、切っ先が狭いとば口を押し割る生々しい感触があり、

「くうぅぅ……」

野枝がつらそうに歯を食いしばった。

「大丈夫か？」

「はい……大丈夫です」

心配しながらも、廉太郎は体重をかけていく。切っ先が奥まで届いて、

「ああ……！」

野枝がのけぞりながら、両手で畳表を掻いた。

　そして、廉太郎も微塵《みじん》も動けなくなった。

　なかは充分に潤んでいた。狭隘《きょうあい》な肉路が波打つように肉棹にまとわりついてきて、ちょっとでも抽送したら、暴発してしまいそうだった。

　そして、いきりたつもので串刺しにされた野枝も、

「あああ、ぁあああ、ああ……」

　と、声を断続的に洩らすだけで、顎を突きあげて動きを止めている。

　二人の時間が止まったようだった。

　夕陽が野枝の裸身を茜色に染めている。

　じっとしていると、野枝の身体が少しずつ、くねりはじめた。

「あああ、ぁああああ……」

　半開きになった口から細い声を洩らしながら、もどかしそうに、せがむように腰を揺らしている。

「動いていいか？」

　野枝が目を見開いて、こくんとうなずいた。

　廉太郎はじっくりと腰を打ち振った。上から顔を覗き込んで、様子をうかがいながら、屹立をめり込ませていく。

「あっ……あっ……」

打ち込むたびに、絞り出されるような喘ぎを洩らして、野枝は顎をせりあげている。

そんな野枝が愛しくなり、廉太郎は覆いかぶさるようにして、唇を奪う。

すると、野枝も無我夢中という様子で唇を重ねてくる。

舌を押し込むと、自分から舌をからめてくる。

その一線を越えてしまった女の情動の発露が、廉太郎にはうれしい。

廉太郎も貪るように舌を吸い、からめる。

野枝も両手で廉太郎を抱きしめ、積極的に唇を押しつける。

キスを終えて顔をあげると、唇を濡らした野枝は、とろんとした目で見あげてくる。

涙の膜がかかったような目の潤みが、野枝の昂りを伝えてきて、廉太郎はそれに励まされるように腰をつかった。

ずりゅっ、ずりゅっと勃起が体内をうがち、

「あっ……あっ……あっ……」

野枝はM字に足を開いて、屹立を奥へと導きながら、両手で廉太郎の腕をつかんでくる。

腕を握りしめながら、見あげるその表情に、男にすがりつくような哀切な色が浮か

んでいて、それが廉太郎の男心を鷲づかみにする。

もっと強く打ち込みたくなって、廉太郎は上体を起こし、野枝の膝をつかんで開きながら、腹に押しつけた。

すると、膣も上を向き、角度がぴたりと合って、挿入感が強くなった。

切っ先が膣の天井を擦りあげ、敏感なスポットにあたっているのか、野枝の気配が変わった。

「あん、あんっ、あんっ……あうぅぅぅぅ」

お椀形の美しい乳房を上下に波打たせ、両手を頭上に放りあげるようにして、顔を左右に振る。

「感じるんだな？」

「はい……感じます。感じる……ぁああ、ぁああ……ぁああ、見ないで。恥ずかしい」

「いいんだ。もっと感じて。野枝さんが感じてくれれば、俺も感じるんだ」

「……はい。あんっ、あんっ、あんっ……」

野枝はストロークに翻弄《ほんろう》されるように全身を揺らし、顔をこれ以上無理というところまで反らせ、左右の手をどこに置いていいのかわからないといったふうに彷徨《さまよ》わせる。

廉太郎の心のなかには、じっくり攻めて野枝をもっと悦ばせたい、とことん感じさせたいという気持ちがあった。

だが、あっと言う間に追い詰められていた。

野枝のしどけない乱れようが、うごめくような動きをする膣肉が、廉太郎を桃源《とうげん》郷《きょう》へと押しあげようとする。

「野枝さん……」

「はい……」

「名前で呼んでくれ。廉太郎でいい」

「廉太郎……さん……いいの。いいの……」

野枝が下から哀切な目で見あげてくる。

「野枝さんをとことんイカせたいと思った。だが、もうダメだ。きみのココは気持ち良すぎる」

もう持ちそうになかった。

廉太郎はコントロール弁を解き放って、ひたすら突いた。

膝の裏をつかんで持ちあげながら押しつけ、息を詰めてつづけざまに打ち込んだ。

怒張しきった分身が扁桃腺《へんとうせん》のようにふくらんだ奥に届き、まったりとしたそれが亀頭冠にからみついてきて、もうにっちもさっちも行かなくなった。

「んっ、んっ、んっ……ぁあぁ、ぁあああ……ください」

「そうら、イクぞ。出すぞ……くっ！」

熱い体液がしぶく快美感にのけぞりながら、廉太郎はなおも駄目押しとばかりにもうひと突きした。

「ぁあああああ……くうぅぅ」

野枝も表情が見えないほどに顎を突きあげ、グーンと上体をのけぞらした。

そのあられもない姿を脳裏に焼きつけながら、廉太郎は射精の悦びに酔いしれた。

ツーンとした痺れが全身を襲う。一滴残らず打ち尽くしたとき、廉太郎は身も心も空っぽになった気がした。

隣にごろんと横になった。

それでも、いっこうにせわしない呼吸はおさまらず、ゼイゼイと胸を喘がせている自分が恥ずかしい。

だが、全身を満たしているのは、心地好い疲労だった。

ぐったりしていた野枝が身体を寄せてきた。廉太郎の胸板に顔を載せて、心臓の音を聞いた。

「すごい鼓動。ドクン、ドクンって……」

「そうか……大丈夫だよ、このくらい」

心配させまいと見栄を張って、肩を抱き寄せた。

汗の引きかけた肌はまだ火照《ほて》っていて、そのぬくもりがとても大切なもののように思えて、廉太郎はしなやかな裸身をぎゅっと抱きしめた。

第四章　森のなかで、屋根裏で

1

五月に入ってのある朝、三人は朝食を摂っていた。

冴子は野良仕事も竹細工も手伝わないが、三度の食事を作ってくれる。

朝食は、味噌汁にご飯、魚か卵料理というお決まりのパターンだが、これはこれでありがたい。

「今日は朝から畑仕事で、終わったら、仕事だから」

味噌汁を置いて言うと、冴子が答えた。

「そう、わかったわ。わたしのほうは、午後から外出するから、戻ってくるのは、夕方になるかしら」

「外出って？」

「気になる？」

「まあ、それは……」

「役場の会議室で、『ものづくりの会』の会合があるのよ。渕上さんが主催なさっているし、様々な業種の方がいらっしゃるから、出ておいたほうがいいでしょ？」

初耳だった。事実だとすれば、渕上から連絡が来ないはずはないから、冴子のところで情報が止まっていたのだろう。

「そんな話、聞いてないぞ」

「あらっ、伝えたつもりだったんだけど。いずれにしろ、あなたは忙しいでしょ？わたしが出るわ」

「そうか。それなら、出席して、後でどんな話が出たか、教えてくれ」

「わかったわ」

会話がやみ、また、静かな朝食が再開される。

会合はそう長くはかからないはずなので、冴子はその後、菱沼と密会する可能性がある。いや、もしかしたら、渕上を誘惑するつもりなのかもしれない。

冴子が時々、菱沼と会っていることはわかっていた。

先日、近所の主婦が心配してくれたのだろう、

『この前、冴子さんが菱沼さんの家に入っていくのを見たけど、大丈夫なのかい？』

と、親切に教えてくれた。廉太郎は動揺しながらも、妙な噂を封じるために、

『ああ、それは、今、菱沼さんに竹細工用道具を作ってもらっていて、それを見に行ったんですよ。こっちも承知の上ですから』

と、誤魔化しておいた。

妻の浮気を知りながら、黙認していていいのか、とも思う。

だが、あれほど東京に戻りたいと駄々をこねていた冴子が、いくら、農作業と竹細工作りを免除したとしても、不平も言わずにここに残っているのは、菱沼という冴子の性の飢餓《きが》を満たしてくれる存在ができたからだ。

それに……。

廉太郎にも、野枝がいる。

どっちもどっちで、プラスマイナスゼロ――。

だから、廉太郎は妻の浮気を許せているのだ。

冴子が唐突に言った。

「野枝さん、最近急に色っぽくなったわね。何かあった？」

白米を口に運んでいた野枝が、箸《はし》を止めた。

その表情がこわばっているのを見て、廉太郎も緊張した。

妻が二人の関係に気づいたのではないか、と思ったからだ。

が、野枝のとまどいも一瞬で、すぐに笑顔で言った。

「わたし、変わったように見えますか？　もし、そうならうれしいです。昔から、色っぽくないって言われてきましたから」

「……見えるわよ。急に色っぽくなったわ」

「きっと生活が充実しているからです。ここに来てから、好きなことをさせていただいてますから。奥さまにはいつもこんな美味しい食事を作っていただいているし、好きな竹細工もやらせていただいている。だから、わたし、今充実しています。それできっと、お肌の艶がいいんですよ」

「……そうかしらね。でも、野枝さん、ほとんどお給料も出してないし、ほんとうにこれで大丈夫なの？」

「はい。わたしは好きな竹細工を何の不安もなくできるだけで、充分満足していますから」

「そうなの？　へんな人ね。あなたも、たとえば恋人を作りたいとか思わないの？」

「今は思ってないです。ほんとうです」

「そう……芸術家気質なのね。わたしには理解できないけど……」

二人の会話が止んだ。

廉太郎はどうなることかと気を揉んでいたが、何事もなく終わって、ほっと胸を撫でおろした。

野枝が動揺して妙なことを口走ったらと危惧《きぐ》していたのに、見事に切り抜けた。しかも、冴子を持ちあげる形で。

女という生き物はたとえ清楚に見えても、したたかなものなのだろう。

横顔に目をやると、野枝は何事もなかったかのように静かに箸をつかっていた。

2

二時間後、二人は畑に出て、農作業をしていた。

トマトの茎が伸びてきたので、倒れるのをふせぐために支柱を立て、トマトの茎を紐でSの字に縛りつける。

ナスやキュウリなどの調整も丹念にする。

廉太郎は野菜の栽培法を本やインターネットで学んでいるものの、実際にやるのは初めてなので、経験者の野枝がいて、非常に心強い。

あらためて、野枝が家に来てくれてよかったと思う。

一通り終えて、休憩に入る。

畑と山裾が接するところに、緑がこんもりと生い茂った小さな森があって、その木陰に茣蓙《ござ》を敷き、二人並んで腰をおろした。

野枝がポットから冷たい麦茶をプラスチックのカップに注いで、

「どうぞ」

と、差し出す。

「ああ、ありがとう」

廉太郎は受け取って、冷えた麦茶を飲む。

すぐ隣で、野枝もカップを傾ける。

ちょっと上を向いているので、喉がさらされ、こくっ、こくっと動く。

Tシャツは滲んだ汗で肌に張りつき、胸のふくらみがいっそう強調されている。

麦茶を飲み終えた野枝が、廉太郎を見た。

「あらっ、額に草がついていますよ」

そう言って、右手を伸ばしてくる。

ふっと甘やかな吐息がかかり、それが、閨《ねや》の床《とこ》の野枝の息づかいを思い出させた。衝動が湧きあがり、体が動いていた。

額についていた草を取ってくれた野枝の手をつかんで、ぐっと引き寄せた。

「あっ……」

野枝が廉太郎に向かって倒れ込んできた。

胸に飛び込んできた女体を、包みこむように抱きしめた。

まだ乾ききっていない汗が甘酸っぱい体臭をともなって廉太郎を包みこんでくる。

「いけません……人が……」

胸のなかで、野枝が身じろぎする。

「大丈夫だ。ここは、周りからは見えないよ」

「でも……」

「ここのところバタバタしていて、野枝さんを愛せなかった。だから……」

野枝を前にすると、恥ずかしいほどに自分が素直になれた。

もう一度周囲を見渡した。

土色に緑が点在する田舎ののどかな風景が、廉太郎をどこか懐かしく、エロティックな気持ちにさせる。

野枝はすでに麦わら帽子を脱いでいた。

後ろでまとめた髪の両端には鬢《びん》が悩ましくほつれている。その顔をあげさせて、唇を重ねていく。

野枝は、キスを素直に受け入れる。

今回だけではない。野枝は廉太郎に「ノー」と言ったことがない。

たとえそれが廉太郎の唐突な欲望の発露だとしても、拒まずに受け入れてくれる。

野枝は、竹細工に関しては依怙地《いこじ》と言ってもいいほどはっきりと自分の意見を述べるし、主張を譲らない。

だが、ことセックスに関しては、従順と言うべきか、あるいは、懐《ふところ》が深いとでも言おうか、いやだという素振りを見せたことがない。

それは、気分次第で廉太郎を拒否することのある冴子とは、くっきりとした対比を見せていた。

廉太郎は野外でのキスにスリルと裏腹の昂《たかぶ》りを感じながら、唇を押しつけ、胸をつかんだ。

Tシャツ越しに感じる豊かなふくらみを気持ちを込めて揉みあげるうちに、野枝は喘ぐような吐息をこぼして、自分からも唇を求めてくる。

舌をからめつつ、野枝を茣蓙にそっと押し倒した。

茣蓙からは仄《ほの》かにイグサの芳《こう》ばしい香りが立ち昇ってくる。

折り重なるように唇を重ね、胸のふくらみを揉んだ。

「んんっ……んんっ……」

くぐもった声を洩らしながらも、野枝は舌をからめて、背中にまわした腕に力を込める。

長いキスを終えて顔をあげると、野枝が下から見あげてきた。

つぶらな目が潤んで、昂った女の男に身を任せようとする哀切な情感が滲んでいる。

たまらなくなって、胸のふくらみに顔を埋めた。

そして、Tシャツ越しに感じるこの柔らかな弾力――。

甘酸っぱい汗と体臭が入り混じって、ミルクを沸かしたような匂いがする。

五月の爽《さわ》やかな風を感じる。

新緑の匂いを感じる。

この自然のなかで、年下の女の乳房に顔を埋めることの悦び――。

そして、野枝は髪をやさしく撫でてくれる。まるで、母親が子供をあやすように。

このまま、ずっと女の胸に顔を埋めていてもよかった。

だが、大の大人が子供に帰ることのできる時間など、たかが知れている。

すぐに、男の欲望が戻ってきて、Tシャツの裾から手をすべり込ませていた。ブラジャー越しに胸のふくらみを鷲づかみにすると、

「あんっ……！」

野枝が顎をせりあげた。

のけぞった顔と首すじに木漏《こも》れ日が落ちていた。産毛《うぶげ》が宝石のように光るのを見ながら、ブラジャーをたくしあげた。

じかに触れる乳肌はしっとりと汗ばんでいて、たわわな肉感が手のひらを押しあげてくる。

たまらなくなって、Tシャツを上までまくりあげる。

「あっ……ダメっ」

「大丈夫。誰も見ていないよ……すごいぞ、すごい」

あらわになった乳房が白日のもとにさらされ、乳暈《にゅううん》の粒々からせりだしたピンクがかった乳首の全容が木漏れ日のなかに赤裸々に浮かびあがっている。

「ああ、いや……」

野枝が、そうすれば少しでも羞恥心が薄れるとでもいうように顔をそむけた。

「平気だ。誰もいない……それに……きれいだ。外で見るオッパイがこんなにきれいだとは……」

大切なものでも扱うようにそっと乳房を揉みあげ、乳首にキスをする。窄《すぼ》めた唇をちゅっと押しつけると、

「あんっ……！」

鋭く反応して、野枝が仄白い喉元をさらした。

性経験は少ないように思えるが、今現在、野枝の身体は廉太郎の愛撫に敏感に応えてくれる。そのことが、男としてうれしい。

乳首をつまみだしておいて、尖《とが》った突起に舌を走らせた。

舌を横揺れさせて乳首の下をなぞり、そのまま、ピンッと撥《は》ねあげると、

「んっ……！」

野枝がビクンと痙攣した。

尖らせた舌先で左右上下に乳首の頭部を摩擦すると、それが感じるのか、

「あっ……あっ……ううん、ぁううん……」

野枝は顔を横向けたまま、手の甲を口にあてて喘ぎを押し殺した。

こうすればもっと感じるはずだ。

廉太郎は反対側の乳首にも手を伸ばし、側面に指腹をあてて、くりっ、くりっと大きくねじってやる。

そうしながら、舌先を旋回させて、こちら側の乳首をこねた。

「ぁああ、ぁああ、それ……いや、いや、いや……こんなところで……あっ、あっ……はうぅぅ」

野枝の喘ぎが一段と高まり、そして、下腹部がせりあがってきた。

紺色に白い模様の散ったモンペが張りつく股間を、ぐいぐい持ちあげては、それを恥じるように腰を落として、さかんに首を左右に振る。

そこに刺激が欲しいのだなと思い、膝を太腿の間に割り込ませてやる。

そうしながら、左右の乳首への交互の愛撫を繰り返すうちに、野枝はもう抑えきれないとばかりにモンペの股間をずりずりと擦りつけてくる。

太腿にちょっと硬い恥骨を感じながら、廉太郎は左右の乳房を真ん中に集めた。

距離の近くなった二つの乳首を交互に、素早く吸い、舐め転がすと、

「ぁあああ、それ……くうぅぅぅ」

野枝は弓なりになるほど恥丘をせりあげ、洩れそうになる喘ぎを手の甲を嚙んで押

し殺した。

持ちあがった腰が横揺れし、ついには縦にも振れはじめた。

さしせまった欲求に駆られたような、せがまずにはいられないといった腰の動きが、廉太郎をその気にさせる。

モンペの紐を解き、両端をつかんでぐいっと押しさげた。

「あっ……！」

野枝がモンペをつかんで、それはダメ、というように首を振る。

「野枝さんが欲しい。今すぐに、あなたと繫がりたいんだ」

廉太郎は人影がないのを確かめて、作業ズボンをブリーフとともに膝までおろした。

赤銅色にてらつく肉棹は鎌首《かまくび》を擡《もた》げて、自分でも誇らしく感じるほどに、雄々しくそそりたっていた。

すでに先走りの粘液が滲んでいるのか、亀頭冠が陽光を浴びて、ぬらぬらと光っている。

野枝の視線が一瞬凍りつき、それから、恥ずかしそうに目が伏せられる。

「野枝さん、後ろ向きにまたがってくれ」

「でも……」

「そうか……下着が邪魔か。待っていなさい」

廉太郎は近くに置いてあった草刈り用の鎌を取り、野枝の腹部に張りついている白いパンティを持ちあげた。

側面の細い箇所に鎌の刃をあてて引くと、伸びきった布地が切れて、はらりと落ちる。

用をなさなくなったパンティを毟《むし》り取り、廉太郎は茣蓙に仰向けに寝る。

上方に五月《さつき》晴れの、底が抜けたような青空がひろがっていた。

と、そこに、女の尻がフレームインしてきた。

野枝は膝までおろした紺色のモンペをいっぱいに伸ばして、廉太郎をまたいでくる。

あらわになった尻が目の前にあった。

左右の臀部が切れ込んだ谷間にセピア色の窄まりが小菊のような佇《たたず》まいで鎮座し、その下方では、肉の切れ目が息づき、上のほうがわずかにほどけて、赤い内部が顔をのぞかせていた。

肉の扉に指を添えると、くちゅっと淫靡な音とともに陰唇が開き、狭間には透明な蜜があふれでる。

「こんなに濡らして……」

思わず言うと、野枝が恥ずかしそうに、尻たぶをきゅっと引き締めた。

そして、その羞恥を忘れようとでもするように、肉棹を頬張ってくる。

ゆったりとしごかれるだけで、そこが熱くなり、高揚感が込みあげてくる。

廉太郎は湧きあがる愉悦を満喫しつつ、顔を持ちあげた。ひろげた肉びらの狭間をぺろっと舐める。

「くっ……！」

野枝は、Tシャツのはだけた背中を大きくのけぞらせる。

つづけて、ピンクの狭間に舌を走らせると、野枝は湧きあがる快感をぶつけるように、肉棹にさかんに唇をすべらせる。

下半身が蕩けていくような甘ったるい陶酔感に、身を任せたくなるのをこらえて、湿地帯を舐めしゃぶった。

「んんんっ……ぁああ、ダメです」

野枝が肉茎を吐き出して、首を右に左に振る。

どうやら、野枝はシックスナインが苦手らしい。

「じゃあ、舐めないから、きみのほうだけしてくれないか？」

その言葉にうなずいて、野枝がふたたび硬直をしゃぶりだした。

廉太郎は顔を持ちあげて、その光景を眺める。

持ちあがったぷりんとした尻と左右の太腿が台形を作っていて、その下のほうにモンペが引っかかっている。

魅惑的な台形の窓から、野枝が肉棹を頬張る姿が見えた。

白いブラジャーがたくしあがって乳房がこぼれ、その赤い先端の向こうで、野枝の尖った顎の裏側が見える。

ゆったりと顔を打ち振り、ジュルルッと唾液を啜りあげ、その破廉恥な音にびっくりしたように動きを止める。それからまた、しゃぶりついてくる。

その一途な頬張り方を見ていると、廉太郎もこの女のためなら何でもしようという覚悟ができる。

廉太郎は感謝の気持ちを込めて、ふたたび目の前の花肉に貪りついた。

丹念にやさしく、という気持ちとは裏腹に、ここが野外であるせいか、ひどく荒々しい欲望がせりあがってくる。自分が獣になったような気がする。

尻を引き寄せて、女陰全体を頬張るうちに、口の周りが蜜まみれになる。

下方で息づく陰核を吸い、舐め転がすと、尻たぶがブルブルッと震えはじめた。

ついには、肉棹を咥えるだけになり、それもできなくなったのか、顔をあげて、

「ああぁ、ぁああ……」

と、感に堪《た》えないといった喘ぎをこぼす。

廉太郎は身体の下から這いだして、四つん這いになった野枝の背後に膝を突く。

Ｔシャツとモンペの間で、ぷりぷりっと見事な球体を描く尻が木漏れ日を浴びて、もどかしそうにうねっていた。

廉太郎はもう一度周囲を見まわして、人影がないことを確かめる。

のどかな田園風景のなかで、愛する女を抱いている――。

廉太郎の分身は血管を浮き出させ、ぱんぱんに張りつめた亀頭部が陽光を反射してかついている。

分身が早く、繋がりたいと訴えている。

いきりたちを狭間に押しつけて、腰を進めていくと、切っ先が狭いとば口を割り、一気に嵌《は》まり込んで、

「くうう……！」

鳩《はと》が鳴くような声をあげて、野枝が身をよじった。

抜き差しするたびに、膣の粘膜がまったりとからみつき、時々、きゅきゅっと内側へ誘い込むような動きを示す。

そっくり返るように打ち込みながら、天を仰いだ。

五月晴れで、雲ひとつない。

透明感のある青空がどこまでもひろがっている。

田舎の清々《すがすが》しい空気に、仄かに甘酸っぱい汗の匂いと、イグサの芳ばしい匂いが混ざっている。下腹部のイチモツは温かい女の粘膜に包まれていて、それらが渾然一体《こんぜんいったい》となって、廉太郎を至福へと導く。

いつの間にか、打ち込むピッチがあがっていた。

びっくりするほどに猛りたつ硬直が、野枝の体内を深々とうがち、

「あっ……んっ、んっ……」

野枝は、聞かれてはいけないと自制心が働くのだろう、弾けそうになる喘ぎを懸命に抑えている。

廉太郎のほうは、もうコントロールが利かなくなっていた。

今、この悠久《ゆうきゆう》のときを全身全霊で味わいたい——。

強く連続して、打ち込んだ。

「んっ、んっ、んっ……あっ……」

野枝はへなへなっと前に突っ伏していった。

莫蓙に腹這いになる形で、もっと深いところに欲しいとでも言うように、尻だけをぐっと持ちあげて、廉太郎の突きを受け止め、

「あんっ、あんっ、あんっ……いい。いい……廉太郎さん、わたし、へんになってる。へんになってる」

イグサの表面を握りしめて、顔をのけぞらせる。

廉太郎も追い詰められていた。

ひんやりした尻肉がぶわわんと押し返してきて、それを押しつぶすようにえぐり込む。熱く滾《たぎ》った肉路が行き来する肉棹を締めつけてきて、射精への予感が急激に込みあげてきた。

廉太郎は腕立て伏せの形で、ぐいぐいと屹立を押し込んでいく。

「ぁああ、ぁあああ……いい……イッちゃう。廉太郎さん、イッちゃう」

「イケよ。俺も出すぞ。いいな?」

「はい……ください。ぁああん、それ……あんっ、あんっ、あんっ……」

打ち込むたびに、野枝の肺から空気が押し出され、それに喘ぎ声が混ざる。

「イクぞ。出すぞ」

切羽詰まってきて、たてつづけに腰を叩きつけた。

尻の弾力を感じることによる心地好さと、どろどろに蕩けた肉路に包みこまれる快美感が折り重なって、甘い痺れが極限までふくれあがった。

「うん、うんっ、うんっ……イク、イクわ……」

「そうら、イケ」

持ちあがった尻を打ち砕かんばかりに怒張を押し込んだとき、

「……くっ……あっ……あっ……はう！」

野枝がビクビクビクッと躍りあがった。

膣が絶頂の痙攣をするのを感じながら、駄目押しとばかりに打ち込んだとき、廉太郎もしぶかせていた。

ドクッ、ドクッ――。

精液が噴出する衝撃が、体内にも響きわたった。

精液が搾り取られていくような甘美な放出感を、廉太郎は味わい尽くす。

すべてを出し尽くしたとき、自分が出涸《でが》らしになったような気がした。

廉太郎は野枝の背中から降りて、すぐ隣にごろんと仰向けになる。

ゼイゼイとした息づかいがいつまでもつづき、ちっともおさまらない。

ぐったりとしていた野枝がようやく余韻から脱したのか、自らモンペをあげて、さらに、廉太郎の作業ズボンもあげて、肉茎を隠してくれる。

身を寄せてきた野枝を腕枕して、空を見あげる。

射精したばかりの男には、五月の空は眩しすぎて、廉太郎は目を閉じた。

3

私生活は充実していたが、『廉竹工房《れんたけこうぼう》』と工房名をつけて販売している竹細工の売り上げがさっぱりだった。

野枝の指導もあって、ザル、六角カゴ、買い物カゴ、花カゴ、花立て等を制作した。出来ばえも及第点で、価格も抑えているので、もっと売れていいはずだった。

地方の工芸品コーナーでも、目立つところに置いてもらっているのだが、当初の見積もりの半分も売れない。

そのへんを、村役場の開発課の渕上も心配してくれて、いろいろと案を出してくれる。

渕上が言うには、作品はとても素晴らしいので、問題はいかに人目に多く触れさせるかであり、

「やっぱり、インターネットでの販売をしなくてはダメだと思います」

最後に、渕上はきっぱり言った。

これまでは、なるべくお客さんにじかに触れてもらって良さを知ってもらおうという考えで、あえてネットには載せなかった。

だがやはり、嗜好品《しこうひん》だからこそ、より多くのお客さんに、たとえ写真であろうと見てもらう必要があるのだろう。

しかし、廉太郎はパソコンは会社勤めしているときから苦手であり、ネット販売のための『廉竹工房』のサイトを作るなど、とてもできない。

冴子も野枝も、やはりパソコンは苦手で、無理だと言う。

サイト作りを誰かに頼むとなると、お金がかかる。今の状態ではとてもそれはできない。

困ったなと頭を抱えていると、冴子がケータイでどこかに電話をはじめた。

話を聞かれたくないのか、しばらく隣の部屋で話していたが、やがて、ケータイを切って帰ってきた。

その顔が華《はな》やいでいる。

「今、妹に電話したのよ」

「ああ、佳奈子《かなこ》さんか」

袴田《はかまだ》佳奈子は冴子の五歳年下の妹で、三十三歳。

大学で情報科学を学び、卒業後にSE（システム・エンジニア）としてベンチャー企業に就職している。二十八歳のときに社内結婚したが、三年で離婚して今はひとりだ。

つまり、この姉妹は二人ともバツイチなのである。

「佳奈子に事情を話したら、来てくれるって。ネットショッピングのサイトくらい簡単に作れるそうよ」

「えっ……でも、佳奈子さんは青山の会社に勤めてるんじゃ？　いいのかい？」

「あなたには黙っていたけど、もう、一年前に辞めて、今は個人でSEをして、WEBデザイナーとかをしているのよ」

「そうか……教えてくれればよかったのに」

「妹のことなんか、一々報告する必要はないでしょ？　それとも、佳奈子に興味があるの？」

「いや、そんなことはないさ」

廉太郎と冴子は二人が再婚ということもあって、披露宴などは行なわなかったが、身内だけの挙式をして、そのときに佳奈子とは初めて会った。

美人の家系らしくきれいだったが、冴子が着物の似合いそうな落ち着いた和風美人だとすれば、佳奈子は目鼻立ちのくっきりとしたいかにも利発そうなタイプで、対照的だった。

姉妹なのだから、目元から鼻にかけての造作は似ていたが、第一印象は大分違う。その後も何度か、東京の家に遊びに来たことがあったが、とにかく開放的で明るく、親しみやすい。

一度家に泊まったことがあり、その際、彼女がバスルームからほとんど裸同然の格好で出てくるのに出くわしてしまい、廉太郎のほうがびっくりして、その場を去ったという記憶がある。

性格的にも彼女なら申し分ない。しかし、プロなのだから当然、報酬は払わなければいけないだろう。

「お金のほうはどうなんだろう？」

「そこも訊いたんだけど、お姉さんが困っているんだから、放ってはおけないって……ほとんど無料奉仕でやってくれるらしいわよ」

「そうか！」

「ふふっ、わたしに感謝してよ」

「ああ、感謝するよ。よかった」

こうして、佳奈子の援助を受けることが決まった。


三日後に佳奈子がやってきた。

ジーンズにTシャツというラフなファッションだったが、彼女が姿をあらわしただけで、周囲がパッと明るくなった。

しかし、大きなボストンバッグをキャリーで転がしているので妙だと思った。

佳奈子はネットショッピングの販売サイトを作ったら、東京に帰るものだと思っていた。商品の更新などは、こちらで撮った画像を送れば、どこでもできるはずだ。

しかし、佳奈子は到着して、廉太郎の顔を見るなり、

「お義兄《にい》さん、しばらく厄介《やっかい》になります」

と、明るい笑顔で言ったのだ。

じつは、佳奈子はしばらくこの古民家に滞在するつもりで来たのだと言う。

「だって、わたしの仕事はパソコンさえあれば、どこでもできるし。打ち合わせもほとんどメールで済むから。以前から田舎暮らしには興味があったんだ。それに、この

古民家にもね」

廉太郎はまさかの申し出に驚いたが、しかし、妻の妹であるし、ネット上の出店をほとんど無料で作って、管理してくれるというのだから、いやとは言えない。

部屋は余っているし、食事を作ったりして面倒を見るのは姉の冴子なのだから、冴子がいいと言えばそれまでだ。

「冴子はどうなんだ？」

「もちろん、わたしは最初からそのつもりだったわよ」

「じゃあ、そうしてもらおうか。パソコンなんてわからないことだらけだから、佳奈子さんが近くにいてくれれば助かるよ」

「ふふっ……わたし、竹細工のほうも手伝っちゃおうかなって思ってるのよ。興味あるし。まあ、お義兄さんにはかわいいお弟子さんがいらっしゃるから、必要ないかもしれないけど……」

佳奈子が、ちょっと離れたところに立っている野枝に、ちらりと視線を投げた。

厭味《いやみ》を言っているんだな、と思いつつも、

「いや、手伝ってくれるのに越したことはないよ。それに、野枝さんは弟子というより、ちゃんと独立した竹細工師だから。もしやってもらえるなら、野枝さんに教えてもらったほうがいい」

「へえ……そうなんだ」

言いながらも、佳奈子は野枝を胡散《うさん》臭そうに見る。

女同士はときとして反りが合わないことがある。佳奈子は野枝に対して、あまりいい第一印象を持たなかったのだろう。

「あの、高校を出て、九州の竹細工の本場で修業を積んできましたので、一応のことはできると思います」

野枝が自分を認めてもらおうとしたのだろう、きっちりと実績を述べる。

「そうなの……ふうん、こんなかわいいのに、わざわざ竹細工師なんかなることないのに。ふふっ、きっと、お師匠さんにせまられたりしたんでしょうね」

「佳奈子さん、バカなことは言わないでくれ」

「あらっ、彼女を庇《かば》うんですね。ふうん……」

佳奈子が、廉太郎と野枝を交互に見て、意味深な顔をする。

「それはもういいから……。少し休んでもらって、打ち合わせをしようか」

「いや、休まなくていいですよ。だいぶ苦戦しているようだから、一刻も早く立ちあげちゃいましょう」

佳奈子が手に抱えて大事そうに持ってきたノートパソコンを開いて、インターネットの受信状況を調べはじめた。

4

佳奈子はプロ中のプロだった。

後ろから見ていても、とにかく十本の指が絶え間なく動き、休むことがない。

パソコン音痴の廉太郎にして見れば、まさに、神業《かみわざ》である。

商品撮影も行ない、値段もつけ、この古民家の写真を工房として紹介することにして、わずか数日後に『廉竹工房』のサイトの制作を終えた。

また、佳奈子は集客のために様々な有名提携サイトにも掲載してくれた。

と、立ちあげたその日から、サイトに立ち寄る人がカウントされていき、数時間後には、初めての注文が入った。

他の竹細工工房より価格を安く設定したことや、古民家の写真を掲載したこともよかったようだ。

どうせ写真を載せるなら目を引くところがいいだろうというので、屋根裏の畳の上で、作務衣姿の廉太郎と野枝が竹細工を作っているところを写真に撮って載せた。

とくに、野枝の紹介コーナーを写真、経歴付きでしっかり作った。

『野枝さんなら、若き美女竹細工師として、絶対に受けるから』

という佳奈子のアドバイスにしたがったのである。

しばらくして、注文が次々と舞い込んできて、廉太郎と野枝はそれこそ寝る間も惜しんで、竹細工作りに没頭した。

野枝のことが、『若き美人竹細工師』として、ネットでも俎上《そじょう》にのぼりはじめていた。

「美人竹細工師の井口野枝って、かわいくねえ？」「見た見た。タイプ！　彼女の作ったものなら、絶対に買っちゃう。隣のムサいオジサンが邪魔だな。いっそのこと、野枝さまの作った商品は別にして、署名入れてほしい」「そうそう、同感」

などと掲示板にあがり、廉太郎は、俺が邪魔か、と苦笑したが、しかし、どんな理由にせよ、自分たちの作ったものが売れて、客に使ってもらえるのはうれしいことである。

佳奈子は、商品の発送のほうをほぼひとりでこなしてくれて、大いに助かった。

そして、注文が一段落ついて、工房も落ち着きを取り戻した。

気づくと、我が家は、廉太郎夫婦と井口野枝、そして、妻の妹の佳奈子の四人が住み、寝食をともにすることになっていた。

男がひとりで、女が三人——。

そのうちの二人とは肉体関係があるのだから、見方によっては天国だが、しかし、そんなに浮かれていられるような状況ではなかった。

初夏になり、風通しのいい古民家がいかに暮らしやすいかをしみじみと感じていたその日の午後、廉太郎はひとりで竹細工作りに精を出していた。

今日は、冴子と野枝に所用があって、二人とも帰ってくるのは夕方になると言う。冴子は菱沼と逢引きをしているのかとも思うが、噂では菱沼はここを離れて、今は東京で仕事をしているという。だとしたら、誰と会っているのだろう？　野枝は実家に用があった。

廉太郎はひとり黙々と竹を編む。

最近は屋根裏の畳の上で、仕事をしている。

工房のサイトで、屋根裏で仕事をする写真を載せたところ、それが好評であり、だったらいっそのこと屋根裏を仕事部屋にしてしまえ、となったのである。

実際に、屋根裏での仕事は快適であり、また、密室なだけにいっそう集中できた。

今は色紙掛けを作っている。

畳に敷かれた厚いベニヤ板の上に、二枚の固定板を置き、その間に、同じ長さに切った竹ヒゴを挟み込んで、クリップで留める。

等間隔で十七本の縦ひごを固定して、そこに、今度は横ひごを直角に通して、編んでいく。

横ひごを通しているとき、階段をあがる足音が大きくなった。

そして、すぐに佳奈子が階段から屋根裏に姿をあらわした。

屋根裏の明かりで見る佳奈子は、顔の陰影がいっそう強調されて、ドキッとするほど艶《なまめ》かしく見えた。喋《しゃべ》り方や態度が大雑把で淑《しと》やかさがないので、あまり女性を感じさせないが、態度をあらためたら、見違えるほどにセクシーになるだろう。

いつものように、右手にノートパソコンを抱えていたが、今日は珍しくミニスカートを穿いていた。

「お義兄さんに見てもらいたいものがあるんだけど……」

佳奈子が大股で近づいてくる。普段隠されているすらりとした脚線美に目が奪われる。

「見てもらいたいものって？」

「これなの」

佳奈子は畳にあがり、廉太郎の隣に横座りして、パソコンを立ちあげた。

長い指が流麗に動き、ディスプレイに映像が流れた。

この屋根裏で、廉太郎と野枝が黙々と竹細工を作っている動画だった。

カメラは斜め上から、二人の姿をとらえていた。窓から射し込む陽光がくっきりとした光と影のコントラストを作り、初老の男と若い女が作務衣を着て、黙々と竹を編む姿は幻想的でさえあった。

「えっ……これ、いつ撮ったんだ？」

「ふふっ、サイトに流すつもりで、カメラを仕掛けておいたの。動画のほうが受けると思ったし、二人には内緒にしておいたほうが、自然な感じで撮れていいでしょ？」

「盗撮したのか？」

「盗撮だなんて、へんな言い方しないでください。わたしはあくまでも、よかれと思ってしたんだから。二人の職人の真面目な仕事ぶりを撮ろうと思って」

いやな予感がしてきた。

この動画がいつ撮られたのかも、二人が作っている作品で予想できた。そして、もし予想が当たっているとしたら、大変なことになる。

「で、ここなんだけど……」

佳奈子が操作して、画像を飛ばした。

「ここから、見て……」

これから流れる映像がどんなものか、見なくてもおおよそ見当はついた。

あのとき、花カゴを編み終えて、ふと魔が差したのだ。

背伸びをした廉太郎が、花カゴを編んでいる野枝の背後にまわる姿が、ディスプレイに映し出された。

見たくはない、にやけた顔をしていた。

その救いようのない中年男が、作務衣をつけた野枝を後ろから抱きしめた。

野枝が手を止めて、廉太郎を諫《いさ》める姿と声がはっきりと録画されていた。

『ダメですよ』

『大丈夫だ。階段はあがっているから、誰も来れないさ』

自分の手が肩越しに、作務衣の襟元にすべり込んだ。

いやらしく耳元で囁き、さかんに胸を揉んでいる。

『廉太郎さん、ダメですよ……下には、奥さまも佳奈子さんもいらっしゃるんだから』

野枝がその手をつかんで、声を潜《ひそ》めた。

『静かにすれば、わからないさ。しばらくしていないからね……』

この後、いやがる野枝を強引に説《と》き伏せて、屋根裏で貫いてしまったのだ。

こうしてあらためて客観的に見ると、自分がいやになる。これでは、理性を失った情けないオヤジではないか。いや、実際そうなのだ。

「もう、いい……止めてくれ」

「せっかくだから、最後まで見ましょうよ」

佳奈子の手が、胡座をかいている廉太郎の太腿に置かれた。

「………！」

「お義兄さん、すごいことをなさってるのね」

佳奈子が横から、廉太郎をまじまじと見た。

「お姉さんという奥さんがいながら、同じ屋根の下で、女職人を抱いている……いつからできているの？」

廉太郎は黙るしかなかった。

「訊いているんだけど……この映像を姉に見せてもいいのよ」

「……二カ月ほど前だ」

「二カ月と言えば、野枝さんが来て、すぐじゃないの。どうして、どうしてそんなことができるの？」

「……いや、これには事情が……」

「どんな事情？」

「……」

　冴子が大工に納屋で抱かれているのを見て——などとは口が裂けても言えない。

　妻が大工に寝取られていることを、妻の妹に明らかにするなど、廉太郎にとっては死にたくなるほどの屈辱であり、また、佳奈子は姉の不倫を知らないほうがいいだろうという判断もあった。

「言えないの？」

「……いや、その……」

「信じられない！　最低だわ。お義兄さんがこんなひどい男だとは思わなかった。しょうがないわね。姉にこのことを教えるから」

「ちょっと、待ってくれ！」

「何よ？」

「何でもする。謝る。だから、冴子には黙っておいてくれ。いや、俺はどうでもいい。

罰《ばつ》は受けるつもりだ。ただ、そうなったら、野枝さんが可哀相《かわいそう》だ。だから……」

「この前も、野枝さんを庇ったわ。そんなに彼女に惚《ほ》れちゃってるんだ」

「……頼む、このとおりだ」

廉太郎は正座して、額を畳に擦りつけた。義理の妹への土下座である。

「お義兄さんのこんな惨《みじ》めな姿、初めて見たわ……可哀相だから、黙っておいてあげようかな……」

「えっ、ほんとうか？」

「でも、このままじゃあ、癪《しゃく》に障るわね。どうしようかな……」

佳奈子が何かを考えている。

その間にも、ノートパソコンの画面では、廉太郎が折り重なるようにして、作務衣のはだけた野枝の胸に貪りついている。

動画に視線を投げていた佳奈子の表情が、何か名案でも思いついたのか、パッと明るくなった。

廉太郎の太腿に手を置き、内腿をなぞりながら言った。

「して、わたしと……」

「えっ……？」

「もう、こんな恥ずかしいこと、何度も言わせないでよ。もう一回だけ言うわね……お義兄さん、セックスしよ」

愕然《がくぜん》として、言葉が出てこない。

佳奈子が開放的な性格であることは知っていたが、まさか、ここまで大胆な提案をするとは。

その間にも、佳奈子の手が這いあがってきて、作務衣の股間をつかんだ。

「ちょ、ちょっと待ちなさい。わかっているだろ？　きみは妻の妹だぞ。いくらなんでも……」

「その妻の目を盗んで、職人に手を出しておいて、よく言うわね……ふふっ、妻の妹だからいいんじゃない」

佳奈子はズボン越しにイチモツを撫でながら、廉太郎を見た。

「じつはわたし、この映像を見て、自分でしちゃったの。あんまり、お義兄さんがいやらしいから。ふふっ、姉のダンナとセックスするなんて、考えただけでも萌《も》えちゃう……ねっ、一回だけ。お姉さんには絶対に言わないわ。今だったら、誰にも知られることなくできる」

目が急に艶かしくなって、股間をさする指にもねっとりとした情感がこもってきた。

「パソコンを見て……お義兄さん、何をさせてるの？」

廉太郎はついつい画面に視線を投げる。

「ふふっ、おしゃぶりまでさせて……野枝さん、清純そうに見えて、じつは好き者なのね。ほら、あんなに一途にしゃぶっちゃって……ああん、頬をぺこぺこさせてる」

佳奈子が作務衣の股間をいっそう強く擦ってくるので、廉太郎のムスコは完全にエレクトしてしまった。

そう、廉太郎は昂奮していたのだ。野枝にフェラチオされる映像を見て──。

まるで、二人がＡＶに出演しているようだ。いや、それより、ずっと画面が粗《あら》く、その分、生々しい臨場感が伝わってくる。

アングルが違うので、その場にいては見えないところまで映っていて、なるほど、野枝はこんなにも情熱的な姿でフェラチオしているのかと新たな発見をし、もっと見たくなる。

その隙に、佳奈子が作務衣の紐をゆるめて、ズボンのなかに手をすべり込ませてきた。

「うっ……！」

ひんやりした細い指でじかに肉茎を握られて、思わず呻いていた。

「ほら、もう、こんなにカチカチ。お義兄さん、いやらしい。野枝さんにしゃぶられたときのことを思い出してるんでしょ」

図星をさされて赤面する廉太郎のイチモツを、佳奈子はここぞとばかりに、ぎゅっ、ぎゅっとしごいてくる。

不倫情事の再生映像を目《ま》の当たりにして、さらに、肉棹を妻の妹という禁断の関係の女の指でしごかれると、頭の芯が蕩けるような昂りの波が押し寄せてくる。

「お義兄さん、画像を見たままでいいからね……足を伸ばして」

言われたように胡座を解いた。

佳奈子が作務衣のズボンとともにブリーフを脱がそうとするので、廉太郎は腰を浮かしてそれを助けた。

ぶるんとこぼれでたイチモツは鋭角にそりたっていて、その角度を見て、佳奈子が微笑んだ。

「五十過ぎとは思えないわね。やっぱり、今の五十代って、昔と違うのね。三十代の男と変わらないわよ。それとも、野枝さんのおフェラを見てるから？」

佳奈子が足の間にしゃがんだので、廉太郎は舐めやすいようにと、両手を後ろに突いて、上体を倒す。

と、佳奈子は股間に顔を伏せて、亀頭部にちろちろと舌を走らせる。

(この女はいったい……?)

ほんの一瞬だが、姉の亭主のものを嬉々として舐める佳奈子に、おぞましさを覚えた。だが、一気に根元まで頰張られると、そんな思いはどこかに追いやられてしまう。

「くっ……!」

温かいもので、分身をすっぽりと包みこまれる心地好さに、廉太郎はうっとりと目を細める。

『あんっ……んっ、んっ、んっ……』

パソコンから流れる野枝の喘ぎ声に、視線をディスプレイに戻した。

画面のなかで、畳に四つん這いになった野枝を、廉太郎が後ろから貫いていた。

腰を打ち据えるたびに、野枝が抑えきれない声を洩らし、それを恥じるように顔を伏せる。

(野枝……!)

彼女との蕩けるような情事の記憶が体によみがえってくる。

佳奈子が裏筋をツーッと舐めあげ、唇を亀頭部に接したまま言った。

「たまには、わたしを見てよ」

「……あ、ああ」

視線を向けると、佳奈子は亀頭冠の真裏にあたる包皮小帯に舌を打ちつけながら、じっと廉太郎を見あげてくる。

「気持ちいい？」

「ああ……」

「お姉さんと野枝さんとわたし、どっちが上手い？」

「そう言われてもな……」

「ふふっ、困ってる。かわいいわね」

廉太郎は啞然《あぜん》として言葉を失った。

この女には翻弄されてしまう。

冴子も男を手のひらの上で転がそうとするところがある。やはり、同じ血を受け継いだ姉妹だけあって、似ているのだろう。

佳奈子は目を伏せて、顔を大きく振って、柔らかな唇で肉棹をしごいてくる。

気持ち良くなって目を瞑《つむ》ると、

『あんっ、あんっ、あんっ……』

野枝の喘ぎ声が耳に飛び込んできて、相乗効果でぐっと快感が高まる。

「おおぅぅ……ダメだ。出てしまう」

訴えると、佳奈子はちゅぽっと肉棹を吐き出して、廉太郎を押し倒した。

馬乗りになり、Tシャツに手をかけて、頭から抜き取っていく。

ぶるんと転げ出た乳房は、パープルのブラジャーに包まれているが、巨乳と言ってもいいほどに量感があった。

佳奈子は背中に手をまわして、刺繍つきブラジャーを外し、あらわになった乳房を前屈みになって、廉太郎の口許に押しつけてくる。

「お義兄さん、舐めて……お姉さんのオッパイよりわたしのほうが大きいでしょ？」

正直なところ、廉太郎は自分が寝た女の比較を意識的にしたことはない。

それぞれがいいところを持っているし、それを較べることに意味を見いだせないのだ。だいたい、好きな女であれば、痘痕《あばた》も靨《えくぼ》になる。

だが、目の前にせまってきた乳房は、豊かな量感を保ちながらも垂れることはなく、大きめの乳暈からせりだした乳首はツンと上を向いている。

文句なしのオッパイだった。

片方の乳房をつかんで、いっそう飛び出してきた茜色の突起を、舌ですくいあげる

と、

「うんっ……！」

敏感に反応して、佳奈子は顔をのけぞらせる。

この段階では、まだためらいはあった。

だが、乳首を舐めしゃぶるうちに、それが見る見る体積を増し、しこってくるのを感じると、廉太郎の頭から残っていた罪悪感が消えていってしまう。

（ああ、俺はしょせん、獣なんだな。女とあれば、見境なく発情する）

窓から射し込む午後の陽光を浴びて、淫靡にぬめる唾液まみれの突起を指でくにくにとこね、もう片方の乳首を舌であやした。

すると、佳奈子も姉と同様に、感じやすい身体をしているのだろう。

「んっ……んっ……ぁああ、たまらない」

乳房をゆだねつつ、切なげに腰を揺らめかす。

しっとりと湿った太腿の間の布切れが、ぐりぐりと腹に押しつけられる。パンティの基底部はそれとわかるほどに湿っている。

左右の巨乳を両側から押して、むぎゅうと集まった双乳のふくらみをこれでもかとばかりに揉みしだき、さらに、トップにしゃぶりつく。

鶯《うぐいす》の谷渡りのように、素早く行き来させるうちに、

「ぁああ、ぁあああ……欲しくなっちゃう。欲しくなっちゃう」

佳奈子は焦れったそうに、股間を擦りつけてくる。

「ああ、もうダメっ……」

佳奈子はいったん腰を浮かせて、器用にパンティをおろし、片方ずつ抜き取っていく。それから、顔面をまたいだ。

「お義兄さん、舐めて」

蹲踞の姿勢で膝を開き、濡れ溝を顔面に擦りつけてきた。

「うっぷ……」

生臭い性臭を放つ柔肉が、鼻と言わず口と言わず、ぬるぬるとすべっていく。

「ねえ、舌を。お義兄さんの舌をちょうだい」

請《こ》われるままに、舌を大きく突き出した。

と、そこをめがけて、柔らかな貝肉質の裂け目が擦りつけられる。

「ぁああ、ぁああ、いい……気持ちいい」

佳奈子はくいっ、くいっと鋭角に腰を打ち振って、ぬめりばかりか、クリトリスまで押しつけてくる。

それから、少し腰を浮かした。

舐める余地ができて、廉太郎は自分から舌をつかう。

潤みきった狭間を大きく舐め、上方の肉芽に一転して繊細に舌をまとわりつかせる。

舌先で突起をちろちろとくすぐると、

「あっ……あっ……」

まるで、しゃっくりでもしているように、腰が淫らに躍った。

5

佳奈子は身体をずらしていき、廉太郎の屹立を体内に招き入れながら、ゆっくりと腰を落とす。

硬直が温かく蕩けきった女の坩堝《るつぼ》に嵌まり込み、

「ああ……いい！」

佳奈子が真っ直ぐに上体を伸ばした。

それから、もう一刻も待てないとばかりに、腰を激しく前後に揺する。

一糸まとわぬ女体は、後ろから射し込む陽光を浴びて、シルエットの縁が後光のように明るく光り、やや陰になった白い肌はひどく艶かしく、豪快に揺れる巨乳の動きにも目を奪われる。

その腰づかいが誰かに似ていると思った。

そうだ、冴子だ。

姉妹はセックスの際の腰づかいまで似てくるものらしい。

佳奈子が前屈みになって、廉太郎の両腕を体の脇に押さえつけ、上から見おろしてくる。

ショートヘアが似合う美貌である。そして、向けられる目は、男を支配していることに悦びを見いだしているのか、射すような眼光を放ちながらも、どこか、とろんとしている。

ずりっ、ずりっと腰が前後に動き、それから、横揺れする。

強い緊縮力を持つ膣肉に肉柱が揉み込まれ、先端が奥のほうの柔らかな箇所のあっちこっちを突いているのがわかる。

廉太郎は強い目力に縛りつけられたようで、こうやって女に支配され、身を任せるのも悪くはないと思った。

だが、その関係を先に放棄したのは、佳奈子だった。

瞬きひとつせずに向けられていた目が、ふっと閉じられた。

「ぁあああ、ぁああ……いい。子宮にあたってる。あたってるのよ」

心の底から感じている声をあげて、いっそう激しく腰をグラインドさせる。それだけでは足りないとばかりに、腰を縦に打ち振る。

まるで、女に犯されているようだった。

佳奈子は後ろに両手を突いて、上体をのけぞらせた。

そして、腰をしゃくるようにして、くいっ、くいっと肉棹をしごいてくる。腰を前にせりだすと、肉棹が姿をあらわし、後ろに引くとすっぽりと呑み込まれる。

「どう、見えてる？」

「ああ、見えてるよ」

「お義兄さんは、妻の妹とセックスしているのよ。昂奮するでしょ？」

「……ああ」

「お姉ちゃんがこんな姿を見たら、どんな顔をするかしら？」

「おい、馬鹿なことを言うな」

「ふふっ、今後のお義兄さんの態度次第で、わたしはこのことを姉に言うかもしれないわよ……あらっ、柔らかくなってきた。男の人って、修羅場に弱いのね。女は逆……修羅場のほうが燃えるのよ」

そう言って、佳奈子はいったん結合を外して、股間にしゃがみ込んだ。

自分の淫蜜で汚れている肉棹を、厭《いと》うことなく頬張り、根元を握りしごきながら、あまった部分に激しく唇をすべらせる。

（こんなことまで……！）

佳奈子は先走りの粘液も混ざっている、愛液まみれのぐちゃぐちゃの男根を愛《いと》しそうにしゃぶっている。

その献身的な姿に、また下腹部に力が漲ってくる。

佳奈子が怒張を吐き出して、言った。

「また、カチカチになったわ」

してやったりという顔をした。

その唇の端に葛湯《くずゆ》のような蜜が付着しているのを見たとき、廉太郎は獣になった。

佳奈子を畳に押し倒して、両膝をすくいあげた。

漆黒の翳《かげ》りの底に、メスの器官がいやらしく花開き、うごめきながらオスを誘っていた。

廉太郎が猛りたつものを押しあてると、女の亀裂は自ら招き寄せるようにして、怒張を呑み込んでいく。

「ぁあぁ、入ってきた」

佳奈子が両手を伸ばして、畳表を引っ掻いた。

廉太郎も唸っていた。

自分が上になって挿入すると、全然感じ方が違う。

女を攻めている、支配しているという精神的なものが大きいのだろう。

廉太郎は女に身をゆだねるよりも、やはり、自分が自由に動けるこの体位のほうが合っている。

両膝の後ろをつかんで、ぐいっと開いて押しあげながら、ゆったりと抜き差しを繰り返す。

と、佳奈子の尻があがり気味になり、切っ先が膣の天井を擦っているのが感じられる。

「ぁあぁ、これ、いい！」

佳奈子が心からの声をあげて、顎を突きあげる。

あらかじめ予想はしていた。と言うのも、姉の冴子がこの体位が好きだからだ。

廉太郎もそれほど女性器に詳しいわけではないが、姉妹ともどちらかと言うと、下付きであるのはわかる。

下付きだから、性器が上を向くこの体位だと、肉棹がちょうどいいところにあたって快感が高まるのだ。

廉太郎としても、この格好は動きやすい。

上体を立てて、思い切り膝を押さえつけ、腰を叩きつける。

振り幅を大きくすると、切っ先が膣の浅瀬から深部まで満遍なく擦りあげ、さらに、子宮口まで届く。

「いい……いいの……ん、んっ、んっ……」

佳奈子は両手を放り投げるようにして腋の下をさらし、打ち込むたびに巨乳を波打たせる。

ディスプレイに流れていた廉太郎と野枝のセックス録画の映像は、もう終わっていた。

そして、今の廉太郎は佳奈子をイカせたいという思いに駆られて、野枝のことは頭からなくなっていた。

これがオスなのだ。オスの本能なのだ——。

歯を食いしばって、速く強いストロークに変えていくと、佳奈子はもう何が何だか

わからないといった様子で上体をよじり、手をあっちこっちに彷徨《さまよ》わせて、

「あっ、あっ、あっ……いい。いい……そこ、そこよ、感じる。そのまま……イカせて」

下からさしせまった顔で訴えてくる。

「そうらここか。ここがいいんだな」

廉太郎は、佳奈子のもっとも強い性感帯だろうGスポットを擦りあげながら、奥まで届かせた。

「うっ、うっ、うっ……そこも、奥もいいの。響いてくる。揺れてる。世界が揺れてる……もっと、もっと揺らして……ぁああ、ぁあああ」

汗ばんで、ところどころピンクに染まる女体が、ぶる、ぶるっと痙攣をはじめていた。

「そうら、イッていいよ。そうら」

渾身の力を込めて、連続して叩き込むと、

「イクぅ……イク、イク、イッちゃう……くるぅ……やぁあああぁぁぁぁぁぁあああぁ、はうっ！」

佳奈子はのけぞりかえって、ガクン、ガクンと腰から下を前後に打ち振る。

それは、明らかに無意識にやっているのがわかる強い腰の痙攣だった。

「イッたんだね？」

念のために訊くと、佳奈子はこくんとうなずいて、恥ずかしそうに睫毛を震わせる。

どんな女も、気を遣《や》ったときは、かわいく従順な女になる——。

廉太郎がセックスをするのは、この瞬間を、女がかわいくなるときを感じたいからなのかもしれない。

しばらくぐったりしていた佳奈子が、また腰をくねらせはじめた。

「どうした？」

「ああん、また、欲しくなった。いいでしょ？　だって、まだお義兄さんのここ、大きいままだもの」

廉太郎はまだ射精していなかった。

「一回イッたのに、まだ欲しいのか？」

「女の身体ってそうなのよ。一回極《きわ》めたら、どんどんイケる」

「いやらしい身体だ」

「そうよ、女のほうがずっといやらしいのよ」

「今度は、バックからだ。獣のように犯すぞ」

廉太郎がいったん結合を外すと、佳奈子が自分から四つん這いになった。姉よりも控え目な尻をぐいと後ろに突き出して、誘うようにくねらせる。どろどろになった肉棹を手でしごきながら待っていた廉太郎は、それを押しあてて一気に腰を入れた。

「ぁああ、また……くうぅぅ」

佳奈子が畳表に指を立てて、顔を撥ねあげた。

彫刻刀で削ぎ落としたような腰をつかみ寄せて、激しく抽送を繰り返すと、

「あんっ、あんっ……すごい、すごい……お義兄さん、強すぎ……ああ、そこ……あっ、あっ……」

両手を突いて伸ばしたまま、佳奈子はのけぞりながら、女の声をあげる。

さっきまで居丈高《いたけだか》で、かわいげのなかった女が、気を遣った瞬間に、従順で殊勝《しゅしょう》な女になる。

冴子もそうだ。

セックスという男女の営みがなかったら、廉太郎はとても冴子とはやっていけないだろう。いや、そもそも男と女の関係は性の営みがあってこそ成り立つものだ。

だから、廉太郎はどんなに歳をとっても、棺桶に片足を突っ込むまでは、現役でい

たいと思う。ある意味、田舎暮らしをはじめたのも、自分の衰えたセックスを回復したかったからかもしれない。

窓から外の明かりが漏れてくるのを見たとき、ふいにあることをしたくなった。

「佳奈子さん、外を見ながらしたい。窓まで行けるか？」

「ふふっ、いいわね」

廉太郎と佳奈子は息を合わせて、立ちあがる。

後ろから結合したまま、佳奈子を押していく。

「ぁああ、これ……」

ふらつきながらも、佳奈子は尻を突き出して外れないようにしながら、一歩、また一歩と歩いていく。

三メートルほどの距離を呼吸を合わせて進み、佳奈子を窓下につかまらせる。

アーチ形のガラス窓を通して、田舎ののどかな風景が望める。

澄みきった青空のもとで、田植えを終えたばかりの田んぼや、土色に農作物が並ぶ畑がひろがっていた。

ところどころに小さな森のような緑の塊があり、ああ、あそこで、野枝と野外セックスをしたのだと思う。

莫蓙の上で抱いた女体の感触がよみがえってきて、廉太郎は今、佳奈子と繋がっているることに後ろめたさを感じたが、しかし、佳奈子の腰の一振りで、この肉体に意識が帰ってきた。

腰をつかみ寄せて、思い切り叩きつけると、

「あんっ、あんっ……ぁああ、これよ。きっと、これを求めていたんだわ。気持ちい……お義兄さん、ステキよ。姉に飽きたら、わたしが相手をしてあげる。野枝なんて、偽善的な女に騙《だま》されちゃダメよ」

野枝が偽善的な女だとは思わないが、反論するのも面倒だし、それ以前に下半身の欲望がさしせまっていた。

両手を前からまわし込んで、乳房を揉みしだいた。

揉んでも揉んでも底の感じられないたわわすぎる乳房が、柔らかく沈み込みながら指にまとわりついてくる。

頂上でしこり勃《た》っている乳首をコヨリを作るようにねじり、もう片方の手を結合部におろし、巻き込まれている肉芽を引っ張りだして、蜜を塗り込めていく。

「ああ、それ……お義兄さん、上手だわ。わたしの感じるポイントを知ってるみたい……そうか、姉もそうなのね。こうすると、アンアン喘ぐんでしょ？」

廉太郎は無言でやり過ごし、その代わりとばかり、乳首とクリトリス、膣の三箇所を同時に攻める。

と、佳奈子の様子が逼迫してきた。

「いい……いいの……イキたいわ。イキたいの……突いて。お臍まで貫き通して。佳奈子を串刺しにして」

「よし、串刺しにしてやる」

廉太郎はふたたび腰をつかみ寄せて、強いストロークを叩き込んだ。

「あんっ、あんっ、あんっ……イッちゃう。また、イク……お義兄さん、出して。佳奈子のなかに出して……」

廉太郎ももう限界だった。

ひと突きするごとに、甘い疼きが急速にふくらんでくる。

「出そうだ。出すぞ……」

「ああ、ちょうだい。今よ、突いて……あん、あん、ぁあぁぁぁんん」

佳奈子は窓下をつかむ指に力を込めて、顔を上げ下げする。

「そうら……」

最後の力を振り絞って、つづけざまに打ち込むと、

「くうぅぅぅ……はうっ！」

佳奈子がぐーんとのけぞりかえって、それから、ガクガクッと腰を痙攣させた。

ああ、イッたんだな、と思いつつも、もう一太刀《ひとたち》浴びせたとき、廉太郎も至福に押しあげられた。

精液が噴出していく歓喜が脳天にまで行き渡り、つかまっていないと立っていられないほどに腰ががく、がくんとなった。

目を開けても視界がぼやけて、景色が霞《かす》んで見えた。

ぼーとした外の景色のなかに、フレームインしてくる白の軽自動車が見えた。

こちらには二台車を持ってきたが、そのうちの一台で、今は野枝が運転している。

夕方までかかると言っていたのだが、予定より早く終わったのだろう。

「佳奈子さん、野枝さんが帰ってきた……」

あわてて肉棹を抜くと、佳奈子はふらふらっと窓辺に崩れ落ちて、すぐには回復できない様子だった。

ここは、自分が時間を稼ぐしかない――。

廉太郎は急いで、服を着る。

駐車場で車のエンジン音が途絶え、しばらくして、

「ただいま」

土間のほうから、野枝の声が聞こえた。

廉太郎は屋根裏から階下へとつづく階段を、踏み外さないように慎重に降り、土間の上がり框まで行った。

「ああ、野枝さん、早かったね」

「すみません。出迎えていただいて」

何も知らない野枝が済まなさそうな顔をするので、廉太郎は自責の念に駆られたが、それを隠し、

「こちらもちょうど休憩しているところだ。お茶を淹れるよ」

そう言って、廉太郎は居間に向かった。

第五章　背徳の三角関係

1

しばらく、天国とも地獄ともつかない生活がつづいた。

佳奈子はすっかり田舎暮らしが気に入ったと見えて、ここに居ついてしまった。

そして、性衝動が湧きあがったときは、「ネットショップのことで相談があるから」と、密かに廉太郎を自室に呼び、有無を言わせずのしかかってきて、廉太郎の上で腰をつかい、貪欲に性の歓喜を貪った。

廉太郎は寝室が冴子と一緒なので、夜に野枝を抱くことは叶わなかったが、農作業に出たときに人目を忍んで、森のなかでアオカンをした。

仕事中にもよおしてきたときには、屋根裏で密かにその瑞々しい肉体を抱いた。

愛情を注ぎ込んだせいか、野枝はこの数カ月で、急速に色っぽくなった。

まだ蕾《つぼみ》であった肉体が瞬く間に花開くのを実感するのは、男冥利《みょうり》に尽きた。

だが、精神的にはつらかった。

野枝と佳奈子との不倫を、妻の冴子には隠しておかなければいけない。そして、野枝にも、佳奈子との情事がばれてはいけなかった。

他人から見たら、男の天国に思えるだろうが、実際は神経をすり減らす毎日であった。

そんなとき、仕事上でのトラブルが起こった。

『廉竹工房』の製品には不備がある——。

それに類した感想が、急にネット上で多くなったのだ。

配送した商品に関する意見、感想を書き込みしてもらうコーナーを、ネットショップのサイトに作ってあったのだが、にわかに、『すぐに壊れた。不良品だ』などという書き込みが増えた。

そんなはずはなかった。

商品を配送する際には、事前にきっちりと商品検査をしている。

どの商品も自信の持てるものだった。

だが、サイト以外の掲示板にも、『廉竹工房はダメだ』とか『あのオッサンが野枝ちゃんといいことをしてて、二人とも色惚《いろぼ》けしてるんじゃないか』などという中傷が書き込まれていた。

「なんか、おかしいわ」

サイトの管理をしている佳奈子が頭をひねった。

「この突然のバッシングには、作為的なものを感じる。このままでは、売り上げに差し支《つか》えるわ。早めに手を打たないと」

佳奈子が調査をはじめた。

役場の担当である渕上も、これまで、廉竹工房の躍進を温かい目で見守ってくれていただけに、このバッシングには頭を痛めて、どうなっているんでしょう、と首をひねり、こちらでも調べてみますと言ってくれた。

そして、佳奈子と渕上の出した結論はほぼ一緒だった。

隣県にある、同じ竹細工製品を扱う『M工房』が急に売り上げを伸ばしている。しかも、廉竹工房とほとんど同じデザインのものが売られている。

ネット上での書き込みにも、M工房と廉竹工房を較べて取りあげ、M工房のほうが、価格、品質ともはるかに上である――。

と、そんな論評のものが目立った。

これらを総合判断して二人がたどりついた結論は、「M工房が裏で糸を引いているのではないか」というものだった。

「そうか……それが事実だとしたら、ひどいな。もともと、竹製品はそれほど需要は多くないし、マイナー産業だ。そういう業種ほど、協力し合わなければいけないのに……で、どうしたらいいんだろう？」

廉太郎が思いをぶつけると、佳奈子と渕上は話し合い、佳奈子がこう言った。

「わたしたち二人で現地に行って、様子をさぐってみるわ。わたしも、渕上さんがいてくれれば、心強いしね」

「しかし、渕上さん、そんなことまでやってもらっていいのか？」

渕上にも役場での立場があるだろう。廉太郎が訊くと、

「こちらとしても、地元の『ものづくり』プロジェクトを護《まも》るためですから。もし、そういう輩《やから》がいたとしたら、こっちとしても許せないですよ」

渕上がきっぱりと言う。

どうも、渕上は佳奈子のことが気に入ったようであり、佳奈子も渕上に好感触を持ったようなので、そういう男女の関係も多少はあるのかと思った。

その週末に、二人は隣県にあるM工房へと向かった。一泊の予定である。

このネット社会である。謂《い》われなき中傷をネットに大量にあげて情報操作すれば、弱小企業など簡単に潰《つぶ》れてしまうだろう。その反面、ネット社会だからこそ、廉竹工房のような新参者でも、その売り上げを急速に伸ばすこともできる。

そして、売れたら売れたで、今度はその足を引っ張ろうとする輩があらわれる。ネットを利用する者は、ネットに泣く――ということか。

古民家での田舎暮らしには、そういった現代の情報化社会から逃れるためという目的もある。だが、いざ商売をするとなると、こんな田舎だからこそ、インターネットを利用する必要がある。

現に、村おこしのための地元産業は、インターネットを上手く利用しているところが圧倒的に多い。

皮肉なことだが、田舎暮らしには、本来相反するはずのインターネットが必要ということかもしれない。

二人の調査が気になるところだが、だからといって、仕事を休んでいいということにはならない。

廉太郎と野枝は黙々と竹を編み、今日のノルマを終える。

夕食を摂りながら、妻を含んだ三人で一杯やり、居間で寛いで、夜の十一時には寝床に入る。

古民家の一階にはキッチンと居間を除いて、五つの和室があり、廉太郎夫婦、野枝、佳奈子がそれぞれの部屋を使っている。

夫婦の寝室には、二組の布団が敷いてある。

隣の布団には、冴子が眠るのだが、宵《よい》っ張りなのでまだこの時間には、冴子は寝室には来ない。テレビを見ているのだ。

調査のことが気にかかったが、何しろ、竹細工は体力とともに神経をつかい、くたくたになる。

目を閉じるとすぐに眠気に襲われ、スーッと暗闇に吸い込まれていった。

どのくらいの時間が経過したのだろうか、廉太郎は人の声を聞いたような気がして、眠りの底からもがきながら浮上した。

「くっ……んっ……んんん……くっ」

一メートルほど離れて敷いてある布団から、その声は聞こえてきた。

いまだぼんやりとしたまま、顔だけそちらにねじると——。

行灯《あんどん》風の枕明かりのぼんやりした明かりのなかで、薄い布団をかけた冴子が、こちらに背中を向ける形で横臥《おうが》していた。

身体を折り曲げるようにしているのだが、その腕が動き、腰もゆるやかにくねっている。

「ぐっ……んっ……んんっ……」

そして、あたりを憚《はばか》るような呻きが、わずかに聞こえてくるのだが、その声はどうみても、性的な悦びをあらわすものだった。

(……オナニーしているのか?)

これまで、冴子が寝室で自慰行為に耽《ふけ》ることなどなかった。

しかし、その押し殺した、呻きとも喘ぎともつかない声と、微妙な腕と背中、腰の動きは、明らかに性的昂揚感を感じさせる淫靡さをともなっていた。

いっぺんに眠気が覚めた。

(菱沼との不倫で満たされているはずだが……どうしたのだろう? やはり、噂は事実で菱沼はいないのか?)

そんな思いを巡らせながら顔だけ横を向けていると、冴子がこちらを向きかけたので、あわてて目を閉じる。

しばらくして、薄目を開けると、冴子は仰向けになっていたのだが、掛け布団を剝いでいた。

そのあられもない姿に、愕然とした。

白いネグリジェがまくれあがっていた。

そして、冴子はM字開脚した太腿の中心に、肌色のディルドーを押し込んでいる。

どうして、こんなことをという疑問以上に、その痴態に圧倒された。

目が釘付けになった。

冴子は膝を腹に引き寄せて、右手でつかんだ大型ディルドーをずぶっ、ずぶっと秘口に打ち込んでいた。

黒々とした繊毛《せんもう》の流れ込むあたりに、肌色のおそらくシリコン製だろう張形《はりがた》が出たり、入ったりして、そのたびに、ぐちゅ、ぐちゅと卑猥な音がする。

そして、冴子は左手をネグリジェの胸元に差し込んで、胸のふくらみを荒っぽく揉みしだいては、

「くっ……くっ……」

と、声を押し殺して、顔を左右に振っている。

人工ペニスを操る右手の動きが、卑猥だった。

こうすれば感じるとばかり、肌色のペニス、しかも、明らかに標準よりふたまわり

ほど太く、長い模擬男根で膣の上のほうをぐりぐりと擦り、抜き差ししては、

「あうぅ……うっ……うっ……」

顎をいっぱいに反らしている。

ついには両手でディルドーを持ち、もっと深くに欲しいとばかりに、自ら尻を浮かせて抽送しやすくし、じゅぶっ、じゅぶっと押し込みはじめた。

しかも、角度や打ち込み具合を微妙に調節している。

ビッグサイズの張形を自ら受け入れて、快感を貪欲に求めているその姿は、あまりにも卑猥すぎた。

一瞬、廉太郎が考えたのはこういうことだ。

菱沼の持ち物は大きい。いわゆる巨根である。そして、今、菱沼は不在である。だから、このビッグサイズのディルドーで自分を慰めているのではないか？

2

廉太郎が細目を開けてその痴態を盗み見ていると、突然、冴子がこちらを向いて言った。

「あなた……起きてるんでしょ？」

「……」

廉太郎はビクッとしながらも、狸寝《たぬき》入りをつづける。

「起きてるんでしょ？」

もう一度言われて、「ああ」と廉太郎は目を開ける。

冴子が哀願するような目を向けて、言った。

「ねえ、手伝って……腕がつらいの。お願い……」

手伝って、とは何事か？

本来なら、あなたのおチンチンが欲しいと言うべきではないか。

このへんが、冴子らしいと言えば、冴子らしい。

だが、廉太郎の心のなかにも、菱沼の巨根に貫かれた冴子の体内に、自分のイチモツを挿入するのはいやだな、という気があったので、ある意味、ちょうどよかった。

「仕方がないな」

妙な夫婦の会話だなと思いつつも、廉太郎は隣の布団まで這っていき、冴子の大きく開いた足の間にしゃがんだ。

さっきは気づかなかったが、冴子は腰の下に枕を置いていた。

腰が少しあがったこの体位が、張形を使うのにちょうどいい角度なのだろう。

「お願い……」

冴子がディルドーから手を放して、代わりに廉太郎の手を導く。

と、膣からディルドーが押し出されてきた。

淫らな蜜にまみれた張形は、柔らかなシリコン製だったが、とにかく大きい。長さは二十センチ近くあるだろう。直径も自分のイチモツと較べるのが恥ずかしいほどに太い。

(こんな大きなものが、冴子の体内におさまっていたのか？)

女性器の内部は伸縮性があると聞いてはいたが……。

驚くのと同時に、こんなデカマラを呑み込んで快楽を求めていた冴子に、どうしようもなく昂奮した。

廉太郎は外れそうになったビッグサイズを、ゆっくりと慎重に押し込んでいく。

と、陰唇がぎりぎりまで伸び、抵抗感とともに張形が少しずつ入っていく。

「くぅぅぅぅ……」

冴子が歯を食いしばった。内腿が痙攣している。

(大丈夫なのだろうか？)

裂けてしまうのではないかと危惧しつつも、さらに力を込めると、それがぐぐっと体内を押し広げて、ほぼすべてがおさまってしまった。

（入った、こんな大きなものが！）

冴子はと見ると、顎をせりあげ、口をいっぱいにひろげて、唇をわなわなと震わせている。

ゆるゆると動かしはじめる。

最初のうちはキツキツだったのに、やがて、抽送がスムーズになり、

「ぁああ、ぁああ……いい。押してくるの。感じるところを、ブッといやつが押してくるの……ぁああ、ぁあぁぁ、いい」

冴子が心から気持ち良さそうな声を出すので、廉太郎はイカせたいという気持ちと裏腹に、いたぶってやりたくなる。

抜き差しをぴたりとやめると、

「ああん、やめないで……動かしてください」

冴子はもどかしそうに腰を振りあげて、抽送をせがんでくる。

濃い翳りに覆われた恥丘が、張形の動きにつれて盛りあがっている。そして、張形を咥え込んだその周囲から、白濁した蜜が止めどなく流れ出して、会陰部《えいん》にまでしたた

たり落ちていた。

「冴子は、こんなデカいやつが好きなのか？　答えないと、動かしてやらないぞ」

「……好きよ」

「えっ、聞こえなかった。もう一度、はっきりと言いなさい」

「……好きなの。ブッといチンポが好きなの」

「どうして？」

「……だって。いっぱいになるから。アソコがいっぱいになって、わたしのそこをつらいくらいに圧迫してきて、それがたまらないの。ジンジン熱くなって、途中から訳がわからなくなる」

知らなかった。

もう何年も一緒にいるのに、気づかなかった。

「じゃあ、デカチンの男とやると感じるんだろ？」

「……」

「答えなさい」

「感じるわ……」

冴子が菱沼との体験談を語っていることは、容易に察しがついた。

「ねえ、お願い。ねえ……」

冴子が下腹部を振りあげて、抽送をせがんでくる。

納屋での冴子と菱沼との情事が思い出されて、憤怒《ふんぬ》が込みあげてきた。おそらく、嫉妬も混ざっているだろう。

「この淫乱女が！」

罵倒し、そして、手にしたディルドーを激しく抜き差しして、冴子を追い詰める。

（この、この、この……！）

だったら、巨根の男と一緒になればよかったじゃないか。なぜ、俺なんかと再婚した——。

怒りを込めて、自分のものの二倍はあろうかというキングサイズの張形を、壊れよとばかりに奥へと打ち込んだ。

妻の膣を、ずりゅっ、ずりゅっと人工ペニスが犯し、凌辱し、葛湯のような淫蜜が大量にすくいだされてくる。

「ここが感じるだろ？　うんっ？　お前はこの上のほうが感じるんだよな」

張形をやや上方に向けて、膣の天井を圧迫しながら擦ってやると、

「ああ、そこ……！」

冴子はぐーんと上体をのけぞらして、ビクビクッと震えだした。

このまま責めれば、気を遣るだろう。

だが、それでは、廉太郎は満足できなかった。このままイカせては、妻の快楽に奉仕をするだけだ。

「持ってろ。抜けないように」

そう言って、廉太郎は寝間着に使っている甚平《じんべい》のズボンとブリーフを脱いだ。

さっきから、下腹部の漲りは感じていた。想像したとおり、下半身のものは鋭角にそそりたっている。

大きさではディルドーに負けるが、硬さでは絶対に勝っているはずだ。

廉太郎は、冴子の頭のほうにまわり、白いネグリジェを脱がした。

そして、一糸まとわぬ姿になった冴子の顔面を尻を向けてまたぐ形で、屹立を口許に押しつけた。

「咥えなさい」

言うと、冴子は舌を伸ばして、亀頭部にちろちろと走らせる。

それから、唇をかぶせてきたので、廉太郎も怒張を押し込んだ。

「うぐっ……！」

つらそうに呻きながらも、冴子は懸命に頬張ってくる。

「ようし、そのまま咥えてろよ」

廉太郎は右手を伸ばして、ディルドーの根元をつかんだ。

抜き差ししながら、自分も腰をつかう。

「うぐ、ぐぐっ……」

冴子はくぐもった声を洩らしながらも、自ら足をM字に開いて、張形を奥まで招き入れる。

上の口を本物の男根で犯され、下の口も大型ディルドーで凌辱されて、冴子はどんな気持ちなのだろうか？

廉太郎も昂っていた。

菱沼によって穢された妻の身体を、自分が穢し返している——。

不思議な感覚だが、それで、他のオスを受け入れた冴子を清め、取り戻しているような気がする。

「気持ちいいか？　上と下を埋め尽くされて、気持ちいいか？」

訊くと、冴子は肉棹を頬張ったまま、こくこくとうなずく。

「スケベな女だ。どうしようもない女だ。男を……」

男をくわえ込んで——と言おうとして、言葉を呑み込んだ。これだけは言ってはいけない。

言ったら、修羅場になる。

それに、自分も野枝と不倫しているのだから。

そんなふうに思案しながらも、冴子の口腔を犯している感触をもっと味わいたくなり、ディルドーをほぼ根元まで押し込んでおいて、その状態で激しく腰をつかう。

ずりゅっ、ずりゅっと肉棹が妻の口を往復して、冴子はえずきそうになりながらも、夫の抜き差しを嬉々として受け止めているように見える。

そして、漆黒の翳りの底をもどかしそうに突きあげてくる。

廉太郎は腰を浮かして、言った。

「本物が欲しいか？　お前が咥えていたものを、オマ×コに欲しいか？」

「はい……欲しいわ。あなたのおチンチンが欲しいの！」

入れてやる。お前のアソコを俺ので貫いてやる——。

廉太郎は下半身のほうにまわって、まだ挿入されているディルドーを抜き取っていく。

抜いてはいや、とばかりに肉襞がからみついてくる。

抜き取ると、女陰の底のほうが閉じきれずに、わずかに孔が開いて、鮭紅色にぬめる内部がのぞいていた。

膝をすくいあげて、その小さなH字形の孔に、いきりたつものを押し当てると、まるで内部から触手が伸びて引き寄せられるように、吸い込まれていった。

「ぁああ、これ……くっ！」

冴子がのけぞりかえった。

そして、廉太郎も至福に包まれていた。

膝をつかんで持ちあげ、ゆっくりと感触を愉しむようにストロークさせた。すると、まったりとした粘膜が分身を適度な緊縮力でもって、包み込んでくる。

それは、どこか故郷のような安心感をともなっていた。

「ぁああ、いい……やっぱり、あなたがいい。ああ、そこ……いいところにあたってる。あんっ、あんっ、あんっ……」

自然に打ち込みのピッチがあがった。

「あんなに大きな張形を使っていたのに、俺ので大丈夫なのか？」

「ええ……あれはあれ。これはこれよ……あなたのおチンチンの形が好き。カリが張ってるから、引っ掛かるの。それがいい……ぁああ、引っ掻いてる。たまらない。

たまらない……」

「そ、そうか……」

廉太郎は自信を取り戻していた。

膝を放して、屈み込みながら、乳房を揉みしだいた。

背中を曲げて乳首に吸いつき、舐めしゃぶった。

セピア色にピンクをまぶしたような乳首がツンとせりだし、その尖っている円柱の側面を舌を旋回してかわいがり、ちゅーっと吸っておいて、しごくように吐き出す。

「ぁあああ……！」

ビクンと痙攣して、悩ましい声をあげる冴子。

不思議なもので、ついさっきまで感じていた嫌悪感があっと言う間に解消して、馴染んできた感覚がひろがる。

左右の乳首を存分に愛玩して、廉太郎は腕立て伏せの形で腰を躍らせた。

「あん、あんっ、あんっ……」

足をM字に開いた冴子は、廉太郎の腕にぎゅっとしがみついて、甲高い喘ぎをスタッカートさせる。

部屋は廊下との境が雪見障子になっていて、声が外に漏れやすい。

一瞬、一部屋置いた和室で寝ている野枝に聞こえてしまうのではないか、と思ったが、深夜のこの時間なら野枝も深い眠りに落ちていることだろう。

たてつづけに打ち込むうちに、廉太郎も追い込まれていった。

射精したくなって、廉太郎は上体を起こし、冴子の膝をすくいあげた。膝頭が腹部に接するほどに押さえつけ、深いところへ打ち込んだ。

すると、奥のほうのまったりとした粘膜が亀頭のくびれに嵌まり込んできて、急速に性感が高まった。

「そうら、冴子」

「ぁああ、いい……いい。へんになる。へんになる……イクわ。イク……あなた、冴子、気を遣る」

「イケよ。そうら」

射精覚悟で渾身の力でえぐり込んだ。

左右の乳房がぶるん、ぶるんと波打ち、冴子は両手をどこに置いていいのかわからないといったふうにバラバラに動かし、腋の下をさらし、手の甲を嚙む。

「あんっ、あんっ、あんっ……イク……イクわ……」

「そうら、出すぞ」

ぐいと子宮口に届かせたとき、冴子が凄艶な喘ぎをこぼしながら、のけぞりかえった。

(ああ、イッたんだな)

見届けながら、とどめとばかりにもう一撃を押し込んだとき、廉太郎も発作に襲われた。

ツーンとした放出感が脳天にまで届き、精液が迸《ほとばし》る快美感に身を任せる。

妻への放出はひさしぶりだった。

終えて、すぐ隣にごろんと横になる。

と、そのときだった。

廊下を踏みしめるときに起こる小さな軋みが聞こえた。そして、その音は静かに、遠ざかっていく。

(……………!)

今、明らかに足音が遠ざかった。

ということは、野枝か?

野枝が夫婦の営みを立ち聞きしていて、忍び足で去っていったのではないか。

3

廉太郎は、冴子が眠ったのを確認して、そっと寝室を出た。

満足したのか、冴子はすぐに寝息を立てはじめたので、ものの十分と経っていない。

野枝のことが気にかかっていた。さっき、明らかに誰かが廊下にいた。それは、野枝以外考えられない。だとしたら……。

静かに廊下を歩き、部屋ひとつ挟んだ和室の前で立ち止まった。

耳を澄ますと、静かな部屋のなかで身じろぎするような音がした。

(やはり、起きているんだな)

雪見障子に手をかけて、そっと引くと――。

枕明かりのスタンドのぼんやりとした明かりに、布団をかぶった野枝の姿が見える。

こちらに背中を向けている。

偶然にも、冴子と同じ格好をしていた。

そして、これも同じように、その布団が微妙に揺れている。

(……………!)

部屋に入り、静かに雪見障子を閉めて、布団に近づいていく。

と、ようやく、野枝がこちらを向いた。

首だけをねじって向けられた顔を見て、ハッとした。

ぱっちりとした目が、女の情欲にとらわれて、潤みきっていた。

(野枝……！)

掛け布団に手をかけて、一気に剝いだ。

野枝は生まれたままの姿をしていた。

そして、右手を太腿の奥に差し込み、左手で乳房を鷲づかみにしているのだ。

枕明かりに浮かびあがった雪白の裸身と、そのあられもない姿が、廉太郎の脳裏に一瞬にして焼きついた。

野枝は自分のしていることを恥じるように目を伏せている。ぼんやりと浮かびあがった裸身が小刻みに震えていた。

「野枝……」

「ゴメンなさい。お二人の声を聞いてしまって、わたし、もう……」

廉太郎を見るその目が、羞恥の色に染まっている。

それを愛おしく感じて、廉太郎も布団に入り、後ろから添い寝した。

バナナの房のように二人並んで横臥して、背後からぎゅっと抱きしめる。

裸身は汗ばんでいた。

そして、甘い汗の匂いと発情した女の放つフェロモンが混ざりあって、催淫剤のような芳香がただよっている。

「悪かったな。悪かった……」

うなじのところに唇をあてて、ちゅっ、ちゅっとキスをする。

夫婦だから、セックスをするのは当然だと思ってはいるだろう。しかし、その閨の声を聞いてしまったら、やはり、傷つくだろう。そして、嫉妬するだろう。いたたまれなくなって、本来ならそのやるせない怒りを廉太郎にぶつけてしかるべきだ。

だが、野枝はそれを自分を慰めることで解消しようとしている。

廉太郎はそこに、あまりにも女らしい性《さが》を感じて、野枝が愛しくてたまらなくなる。

そして、また発情している野枝に、男としての強烈な欲望を感じた。

「野枝……好きだ、お前を、心から好きだ」

耳元で囁いて、片手をまわし込んで、乳房をとらえた。

野枝の手に手を重ねて、揉みしだくと、

「ぁあぁ……廉太郎さん。こんな自分がいやです。いやなんです……」

「自分を嫌いにならないでくれ。野枝さんは女として当然のことを感じているだけだ。だから……」

野枝の手を外して、じかに乳房をつかんだ。

しっとりと汗ばんだ乳肌をすくい揉みして、親指と中指に乳首を挟んで、くりっ、くりっと転がした。

「いやいや……あっ、あっ……くぅぅぅぅ」

野枝はびくん、びくんと裸身を痙攣させる。

濡らしているだろうなと思い、その手をおろしていき、太腿の奥に差し込んだ。

「あっ……！」

野枝がいやいやをするように首を振る。

柔らかな繊毛の底で、蜂蜜を塗りたくったような女の証が息づいていた。

「すごく濡れている。ぬるぬるすぎて、形がわからないくらいだ」

「あぅぅ……言わないでください」

「二人のセックスを立ち聞きしていて、昂奮したか？　ここが濡れてしまったか？」

訊くと、野枝はこくんとうなずいた。

脳天が痺れるような昂りがせりあがってきて、廉太郎は野枝を仰向けにした。

両手を万歳の形に押さえつけて、上から野枝を見る。

野枝はオナニーをしていたところを発見された羞恥のためか、目を伏せている。

「こっちを見なさい」

言うと、野枝はおずおずと廉太郎を見あげてくる。

「野枝さん、いや、野枝……わかってると思うが、俺はお前が好きだ。お前だけだ。

それだけはわかっていてくれ」

言い聞かせると、野枝は小さくうなずく。

その従順さがたまらなかった。

こと竹細工に関しては、はっきりと自己主張して、自分の考えを貫くのに、いざ男女の関係になると、廉太郎の言うことを聞いてくれる。

廉太郎にとって、野枝は理想的な女だった。

両手を開かせたまま、前髪がほつれつく額にちゅっとキスをする。

さらに、唇についばむようなキスをし、それから、重ねていく。

柔らかな感触を貪り、舌を這わせると、可憐な唇がほどけた。

舌をすべり込ませて、野枝の舌をさがした。

すぐに、野枝が舌をからめてくる。

軟体動物のような柔らかな動きを感じて、廉太郎の全身に熱い血が音を立てて流れる。

妻を貫いて、すぐに、今度は若い愛人を抱くなど、世間的にも人道的にも決して許されるものではないだろう。だが、廉太郎の身も心も発情していた。

こんなことは人生でそうそうあることではない。そして、そのうち、自分は神様から罰を与えられるだろう。

だがこの刹那《せつな》に体感している昴りは、廉太郎がこれまでの人生で感じたことのないものだった。

どうせ落ちるのなら、この瞬間を満喫しよう。その結果、とことん落ちてもそれはそれでいいではないか——。

廉太郎は唇を離して、言った。

「口を開けて、唾《つば》を受け取ってくれ」

野枝はこくんとうなずいて、おずおずと口を開ける。

ぷっくりとしているが小さな唇が控え目に開く。

「もっと、大きく」

野枝が意識的に口をひろげた。

Oの字になった唇の間めがけて、廉太郎は溜め込んだ唾液を、絞り出した。

とろっとした唾液が糸を引きながら垂れて、Oの字の中心に落ちた。

すると、野枝は唇を閉じて、こくっと喉を鳴らす。

「美味しいか？」

「ええ……」

「そうか……右手で左の手首を握って、離してはダメだぞ」

言い聞かせて、廉太郎は首すじから鎖骨、そして、乳房の丘陵へとキスをおろしていく。

「ぁああ、ぁあああ……」

それだけで、野枝はビクン、ビクンと鋭い反応を示す。

そして、廉太郎が乳房の頂上に貪りつくと、

「ああぁうぅぅ……」

野枝は頭上にあげている二の腕に顔を擦りつけて、洩れそうになった喘ぎを懸命に押し殺す。

一気にしこってきた乳首を舐めあげ、さらに、舌先で左右に撥ねる。

しゃぶりついて、根元を甘噛みしてやると、

「くうぅぅ……」

ビクン、ビクンと肢体が躍りあがる。

廉太郎は左右の乳首をたっぷり愛玩してから、顔を脇へとおろし、そのまま、腋窩《えきか》の匂いを嗅いだ。

「ぁああ、ダメっ……」

野枝がとっさに手を離して腋を絞る。

「離してはダメだ」

「ああ、ゴメンなさい……」

野枝が離した手首をふたたび頭上で握る。

きれいに剃毛《ていもう》されたツルツルの腋窩がさらされ、その脇腹からつづくあらわになった腋の下、さらに上へと伸びたほっそりした二の腕へのラインが、途轍《とてつ》もなく悩ましかった。

普段は人目にさらすことのない部分を露呈させることのS的な悦び、そして、かもしだされる女の羞恥心。

見てください。わたしの恥ずかしいところを見てください。あなたにすべてをゆだ

ねます――。

野枝がそう言っているように思える。

廉太郎は腋窩の甘酸っぱい匂いを吸い込み、ペロッと舐める。

なめらかだがざらついている舌が羞恥の部分をなぞりあげていき、

「あんっ……！」

ビクッとして、野枝が腋を締めようとする。だが、言いつけを守って両手を頭上にあげているので、わずかしか隠れない。

廉太郎は腕がさがらないように支え持ちながら、顔を埋め込んで、舌を上下に往復させる。たちまちぬめってきた窪みを、今度は左右に撥ねる。

「あっ……あんっ……あんっ……いやぁあああ」

ほとんど泣いているような声をあげて、身をよじる野枝。

腋窩を頬張るようにして、チューッと吸ってやると、

「ぁあああん……」

甘い鼻声を洩らして、野枝がいっそう強く身をよじる。

口をあてたまま、なかでちろちろと舌でくすぐるようにすると、

「いやぁあぁぁ……ぐっ、ぐっ」

肢体の震えが細かい痙攣に変わった。

廉太郎はそのまま腕に沿って、内側を舐めあげていく。

二の腕の柔らかな筋肉のついた部分にツーッと舌を走らせ、さらに、肘から先へと舌を這わせる。

「離していいから」

そう言って、野枝の左手を持ち、その長くしなやかな指にしゃぶりついた。

野枝の指は細くて長いが、竹細工で力を入れるためか、関節が発達していて、その節高の指を野枝は恥じている。

それを敢えて愛撫する。人差し指と中指を合わせて口におさめて、ゆったりと唇をすべらせる。

指をフェラチオしているような感じである。

最初はとまどっていた野枝だが、舌を横揺れさせて指腹から付け根にかけてなぞると、廉太郎に向けられていた含羞《がんしゅう》を含んだ目が、ふっと閉じられる。

「ああ、これ……あっ……はうぅぅ」

野枝はもう片方の手の甲を口に押しあてて、悦びの声を押し殺す。

廉太郎は指を丹念に舐め、しゃぶると、ふたたび手をあげさせて繋がせ、また、舐めおろしていく。

二の腕から腋の下まで這わせ、腋窩を舐めしゃぶり、そのまま脇腹へと舌を這わせていく。

のけぞるような姿勢のためか、肋骨《ろっこつ》の階段がうっすらと透け出て、その日頃は触れられることのない薄い皮膚を舌でちろちろとあやす。

野枝は電気ショックをたてつづけに受けているように、ビクン、ビクンと身体を痙攣させ、そして、ハァハァハァと息を荒らげる。

廉太郎は脇腹から腰骨へと舌を移し、尖っている腰の骨を舐める。

すると、そこも感じるのか、野枝はまたヒィーッとのけぞる。

腰骨から中央へと移動して、薄い陰毛の張りつくこんもりとした恥丘に舌を走らせた。

ザラッと陰毛が舌に触れて、

「あっ……！」

ヴィーナスの丘が一気にせりあがってくる。

「すごい濡れようだ。俺と冴子のまぐわいの声を聞いて、たまらなくなって自分で慰めていたんだな。こんなにぬるぬるにして……」

恥ずかしそうに顔をそむける野枝を見あげながら、恥丘から下へと舌をおろしていく。

女性器の周囲には毛が生えておらず、そのために陰唇や肉土手に清潔感がある。

両足の間にしゃがみこんで、ウエーブしたような縁取りを持つ陰唇を指でひろげた。

ぬっと姿をあらわす肉庭はコーラルピンクに色づいて、コーティングされたように妖《あや》しくぬめ光っている。

もう何度も目にしたものだが、いつ見ても、野枝の雌花は清新で、なおかつ、いやらしい。

狭間に沿って舐めあげ、陰核には触れずに、舐めおろす。

舌を往復させると、おそらく無意識なのだろうが、女陰がもっと舐めてとばかりにせりあがってくる。

べっとりと舌を這わせて、今度は陰唇の外側を愛撫する。

肉びらを中央に折り畳んでおいて、あらわになった光沢のある皮膚をツーッと舐めあげたり、舌先でちろちろとあやしたりする。

野枝はここが感じる。

「あああ……そこ……」

「いいのか？」

「はい……いいの。感じる……あ、あっ……」

野枝はもどかしそうに腰をくねらせる。

廉太郎は左右の陰唇の外側に丹念に舌を走らせ、今度は、陰唇の縁を舐める。

指でつまみだした陰唇の縁は蘇芳《すおう》色に色づき、充血した突端に舌を走らせると、

「ああ……ぁああ……」

野枝は何かに酔っているような声を伸ばして、顎を突きあげる。

情事を重ねるごとに、野枝の感じる箇所が、ひとつ、またひとつとわかる。

こうやって、男と女は身体が馴染んでくる。そして、深みに嵌まって、抜け出せなくなるのだ。廉太郎と冴子の関係がそうであるように。

廉太郎は仕上げにかかる。

笹舟《ささぶね》形の女陰の上方で、赤珊瑚《あかさんご》色のクリトリスが充血して飛び出していた。野枝の陰核は普段は隠れているが、昂奮するとそれとわかるほどに勃起する。

廉太郎は包皮を剝いて、じかに肉芽にちゅっ、ちゅっとキスをする。

「ひぃっー、くっ……くっ……」

野枝のクリットは敏感で、ちょっとした刺激に鋭く反応する。

だから、やさしく愛撫してやらなければいけない。

周囲を舌で円を描くようになぞり、それから、おかめの顔に似た肉芽を下からかるく舐めてやる。

「ぁあぁぁ……」

野枝の足裏がシーツをずりずりと掻いた。

さらに、陰核をやさしく舐めると、足が外側に開いた。

左右の足を菱形にひろげて、いっそう陰部をあらわにし、野枝は切なげに下腹部をせりあげる。

「ぁあああ……ぁああ……いい、いいの……あっ、あんっ、あんっ……」

陰核の頭をつづけざまに舌で刺激すると、そのバイブレーションが感じるのか、野枝は小刻みに震えはじめた。

「ああ、廉太郎さん、ちょうだい。廉太郎さんが欲しい」

「いや、でも……」

廉太郎は困惑した。

もちろん、廉太郎だって挿入したい。ギンとした分身を打ち込んで、野枝を満足させてやりたい。

だが、肝心なものがまだ臨戦態勢に入っていない。それはそうだ。ついさっき、射精したばかりなのだから。

4

と、野枝が身体を起こして、代わりに廉太郎を布団に寝かせた。

足をあげさせて、甚平のズボンとブリーフを抜き取った。

そして、股間のものがまだぐったりとしているのをちらりと見て、紐を解いて上着を脱がせ、胸板にキスをしてきた。

乳首にちゅっ、ちゅっと唇を押しつけ、よく動く舌先で小刻みに舐めてくる。

「おい……いいよ。そんなこと……」

言っても、野枝は舐めつづける。

上目遣いに廉太郎の様子をうかがいながら、乳首に舌を這わせ、さらに、吸ったりする。

そうしながら、右手をおろしていき、股間の芋虫を握ったり、擦ったりする。

廉太郎は昂奮した。

野枝がこんなに積極的に愛撫してきたのは、これが初めてだった。

やはり、妻との夫婦の営みを立ち聞きして、嫉妬してくれたのだろう。独占欲のようなものをかきたてられたに違いない。

普通の女なら、嫉妬に狂い、それが怒りとなってセックスを拒否されるのが落ちだろう。なのに、野枝は自分から愛撫をすることで廉太郎を自分のほうに振り向けさせようとしている。

そんな野枝をすごくありがたく感じるし、また、これまで以上に大切にしなければと思う。

野枝は乳首から腋の下に顔を移し、廉太郎の左腕をあげさせて、腋窩にキスをする。

「おい……そこは……」

「いいんです。廉太郎さんのここ、すごくいい匂いがする。甘くて、でも、どこか野性的で、わたしは好きです」

腋に唇を接したまま言って、野枝は舐めてくる。

手入れをしていない腋毛は若干白髪がまざっているものの、縮れながら繁茂している。こんなモジャモジャなものを厭うことなく丹念に舌を這わせる野枝が、ますます愛しくなる。

野枝は舌を伸ばして、舌先で腋毛の底のほうをちろちろとあやしてくる。

それから、脇腹のほうから二の腕にかけて、大きく舌をつかって「ぁあん」と舐めあげてくる。

潤沢な唾を載せた舌が地肌をぞろりと移動していく感触が、ひどく気持ちが良かった。

それから、野枝は脇腹へと舌をおろしていく。

さっき、自分がされたことを踏襲しているのだ。

竹細工に関してはどちらかと言うと、野枝が師匠だが、ことセックスに関しては、廉太郎が師匠である。だから、二人はいい関係を保っていけるのかもしれない。

なめらかな舌が腰骨を通りすぎて、足のほうへとすべっていく。

太腿から膝に、さらに向こう脛《ずね》へと向かった舌が、足の甲から親指にたどりついた。

あっと思った瞬間には、親指を頬張られていた。

野枝はこちらに尻を向けて廉太郎をまたぎ、覆いかぶさるような格好で、親指にしゃぶりついている。

「おっ……あっ……おい……」

決してきれいだとは言えない足の指を、野枝は何のためらいもなく口に入れて、まるでフェラチオでもするように、顔を打ち振っている。

そんなことまでしなくていい——。

だが、一心不乱にしゃぶられると、この状態が男の支配欲を存分に満たしてくれるものだとわかった。

汚い親指を神聖な口に包みこまれている悦び——。

それ以上に、目の快楽があった。

野枝は廉太郎の腹部をまたいでいるので、こちらに向けられている尻の間に、セピア色の窄まりがひっそりとした佇まいを見せていた。だが、その下方では、この姿勢のためだろう、女の秘苑がぱっくりとひろがって、コーラルピンクの粘膜が淫らな蜜をあふれさせているのが見える。

いや、それだけではない。

野枝は乳房を足に擦りつけている。

親指をねぶりながら、身体をくねらせて、柔らかな乳房の肉層を膝のあたりに押しつけている。そのたびに、尻も揺れ、ひろがった淫口が微妙にゆがみ、透明な蜜がしたたり落ちる。

その姿勢で、親指だけでなく、人差し指と中指をまとめてしゃぶられ、さらには、指の間の敏感な部分を伸ばした舌でくすぐられると、わずかだが下腹部のイチモツに力が漲る感覚がある。

小指まで舐め終えると、野枝はその姿勢のまま身体をずらした。

シックスナインの形になって、肉茎の根元をつかんで、ぶんぶん振った。

すると、棒状の分身がぺちん、ぺちんと腹にあたって、その刺激で根元のほうからギンとしてくる。

その兆候を感じとったのだろう、野枝は根元を握ってしごきながら、余っている部分に唇をかぶせてきた。

「おいっ！……」

一瞬、退《しりぞ》けようとした。

なぜなら、廉太郎の分身はついさっき妻の体内に挿入したままのもので、ティッシュで拭い取ったものの、冴子の愛蜜や精液がまだ残っているはずだった。

そんな汚いものを、野枝にはしゃぶってほしくはなかった。

一瞬突き放そうとした廉太郎の腕から、力が抜けていってしまう。

そんなことおかまいなしに、野枝は嬉々として肉棹を頬張り、ずりゅっ、ずりゅっと唇をすべらせ、同じリズムで根元をしごいてくるのだ。

「おおぅ、野枝……！」

きっと、愛蜜や精液の味も匂いもするだろう。

しかし、嫌悪感を微塵も見せずに、一心不乱に分身を勃起させようとする野枝に、廉太郎は強い愛情と昂奮を覚えた。

それがギンとしてくるのを感じたのだろう、野枝は手を外して、口だけで頬張ってくる。

「おおぅぅ……」

疲労困憊《こんぱい》のはずのイチモツが、女の温かい口のなかで完全勃起に近い状態まで力を漲らせてきた。

そして、野枝はそれがうれしいとばかりに、ずりゅっ、ずりゅっと大きく顔を打ち振ってしごいてくる。

「野枝、今だ。入れてくれないか」

思わず訴えると、野枝が背中を向けたまま腰を浮かし、屹立を導いた。

狭間の泥濘《ぬかるみ》に押しあてて、慎重に腰を落とした。

熱いと感じるほどの肉路を、屹立が一気に押し広げていき、

「くっ……！」

る。

野枝が肉棹に添えていた手を離して、のけぞった。

廉太郎も押し寄せてくる愉悦に奥歯を食いしばる。

臍に向かって屹立しようとする肉柱が、野枝の膣によって反対に押し曲げられている。

野枝がゆっくりと腰を振りはじめた。

抜けないように慎重に腰を前後に揺すると、分身がぐりぐりと狭い膣を擦りあげるのがわかる。そして、野枝は、

「ぁああ、ぁああ、欲しかったの。これが欲しかったんです」

喘ぐように言って、顔を上下動させ、尻をくいっ、くいっとこちらに向かって突き出してくる。

前屈みになって、貪るように尻を揺らすその格好が、野枝の内に潜む強い欲望を感じさせて、廉太郎は昂奮する。

「あさましいぞ、野枝。いやらしく腰を振って」

「ぁああ……言わないでください。わたし、もう……わたし……」

「どうした？」

「身体が変わってきてるの。恥ずかしい身体になってる。あさましい身体になって

る」

「それが女なんだよ。野枝もようやく女になったということだ。恥ずかしがることじゃない。むしろ、自慢していい」

廉太郎は上体を起こして、右手で乳房を揉みしだいた。

柔らかな乳房は汗みずくになっていて、ぬるっとすべる。すべりながらも、頂上の突起を指腹に挟んで転がすと、

「あっ……あっ……いや、いや、いや……腰が……」

野枝は自由に動けない腰をもどかしそうに揺する。

廉太郎は足を開いて、その間に野枝を正座の状態で前に屈ませる。

そして、下から突きあげてやる。

「あん、あんっ、あんっ……」

喘ぎ声をスタッカートさせて、野枝がいけないとばかりに口を押さえ込む。

当然のことながら、ひとつ置いたところの部屋で眠っている冴子のことが気になるのだろう。

それでも、ふたたび廉太郎が突きあげると、「あっ、あっ、あっ……」と声が迸ってしまう。

「ダメ。声が出ちゃう……」

廉太郎が周囲を見まわすと、枕に日本手拭いが敷いてあった。

手拭いで猿ぐつわをするやり方があるのを、どこかで目にしていた。思い出して、手拭いを取り、真ん中に結び目を作った。

その瘤《こぶ》を野枝の口に嚙ませ、後ろに引き、日本手拭いを後頭部で縛った。

「これなら、大丈夫だろう？」

野枝がうなずいた。

廉太郎は膝を抜き、野枝を四つん這いにさせて、獣の体位をとった。

くびれた腰をつかみ寄せ、膝立ちになって腰を鋭く突き出した。

ぐいっ、ぐいっと屹立が肉路をうがち、下腹部が尻の弾力を感じる。

「ぐっ、ぐっ……うぐぐっ……」

野枝はくぐもった声を洩らして、シーツを鷲づかみにする。

つづけざまに打ち込むと、まったりとした肉襞がからみついてきて、たちまち追い込まれる。

だが、射精するときは、野枝の顔を見ていたい。気を遣るまでの表情の変化をつぶさに見ていたい。

廉太郎はいったん結合を外して、野枝を仰向けにし、膝をすくいあげた。

再突入して、腕立て伏せの形で打ち込んだ。

「ぐっ、ぐっ、ぐっ……」

野枝はくぐもった呻きをこぼしながら、両手を赤子のように顔の両脇にあげている。

白に紺色の模様の散った手拭いの瘤になった部分で口をいっぱいに割られていて、口角から白い唾液が滲んでいた。

顔の下側を横一文字に手拭いが走り、その顔を打ち込まれるたびに「うっ、うっ」とのけぞらせる。

嗜虐的《しぎゃく》——とでも言うのだろうか。

その姿に、廉太郎はひどく昂った。野枝にはこういう嗜虐的な格好がよく似合った。

「野枝……出ていくなよ。ずっと一緒にいてくれ。冴子のことでいろいろと思うところがあるだろうが、我慢してくれ。お前を大切にするから」

気持ちを訴えると、野枝は目でうなずいた。

「よし、野枝……イクぞ。お前のなかに出してやる。いいな？」

もう一度、野枝がうなずく。

廉太郎はスパートした。

上体を立てて、野枝の足を両肩にかけて、ぐっと前に体重を乗せる。と、柔軟な野枝の肢体が腰から折れ曲がり、廉太郎の顔が野枝の顔のほぼ真上にきた。

きっと苦しいだろう。だが、野枝はこの体位が好きだ。そして、廉太郎自身も。

両手を突いて、真上から打ちおろした。

この体位は挿入が深くなる。

ずりゅっ、ずりゅっと怒張が体内を奥までうがち、そして、野枝は下から見あげながらも、決して視線を外そうとしない。

打ち込むたびに、野枝が少しずつずりあがっていく。

その身体を引き戻し、ふたたび杭《くい》打ちのように打ちおろすと、野枝は目を閉じて、顎を突きあげた。

両手でシーツを鷲づかみにして、

「うぐっ、ぐっ……ぐぐっ……」

猿ぐつわの隙間から凄絶な声を洩らしながら、顎ばかりか胸までせりあげ、もたらされる快感にどうしていいのかわからないといったように、身悶えをする。

その姿を、黄色い枕明かりが艶かしく浮かびあがらせている。

息が切れてきた。

同時に射精前に感じる、あの甘い疼きがひろがってくる。さっき出したばかりだというのに、また射精するのか！

「野枝、出そうだ。イッていいぞ、野枝……」

うなずいて、野枝がしがみついてくる。

打ち込みの衝撃を少しでも逃したくないとばかりに、廉太郎の両腕をぎゅっと握りしめる。

「そうら……」

射精に向かって、最後の力を振り絞った。

とろとろに蕩《とろ》けた肉路を奥まで突き刺すと、扁桃腺のようにふくらんだ粘膜が亀頭冠にまとわりついてきて、急速に射精感が込みあげてきた。

「うぐ、うぐぐ……」

すでに、野枝は顔をいっぱいにのけぞらせて、気を遣る準備はできている。

「イケ、そうら」

とどめとばかりに打ち込んだとき、

「うっ……！」

野枝がさらに大きくのけぞって、がくん、がくんと震えはじめた。

それを見届けて、廉太郎もしぶかせる。

熱い樹液が迸り、快感が脳天まで突き抜ける。

今日二度目だというのに、信じられないほどの勢いで、精液が噴出する。

打ち終えたときはさすがにがっくりときて、へなへなと野枝の身体に重なっていく。

体中のエネルギーを使い果たしたようで、微塵も動けなかった。

ただ、はぁはぁと荒い息づかいだけが聞こえてくる。

そして、野枝はそんな廉太郎をしっかりと受け止め、背中を撫でてくれる。

だがそのとき、冴子がその様子を、雪見障子の向こうで息を潜めて盗み聞きしていたことに、廉太郎は気がつかなかった。

第六章　淫道の家

1

渕上と佳奈子は、何度もM工房に足を伸ばし、偵察をつづけた。

そして一カ月後、だいたいの概要がつかめたからというので、廉太郎はまずはひとりで報告を聞いた。

やはり、情報操作をしていたのはM工房であり、その証拠をつかんだから、これから作戦を考えて、謝罪させる。悪辣《あくらつ》な情報操作もやめさせると言う。

「そうか、ありがとう。しかし、ひどいところだな」

「はい……それとひとつ、言い難《にく》いことなんですが……」

と、渕上が口ごもった。

「何だ？」

「うちの新製品と似たような商品が、M工房から出ていましたよね」

「ああ……確かに。不思議だったな。うちが製品として出して、すぐに向こうも出してきた。なかには、うちと同時発売もあった。それが？」

渕上が言い難そうに、口を開いた。

「うちのメンバーで、その情報を漏らしていた者がいるんです」

「えっ……！」

廉太郎は絶句した。そんなスパイのような真似をする者がいるはずがない。

「誰だ？」

「言い難いんですが……冴子さんなんです」

「まさか……？」

「いえ、事実です」

「佳奈子さん、ほんとうなのか？」

訊くと、佳奈子は無念そうにうなずく。

「じつは……」

と、渕上がそのへんの事情を話しはじめた。

渕上によると、冴子がここのところ時々家を空けていたのは、M工房が雇っている営業マンと会って、情報を売っていたのだと言う。

「……バカな……いくら冴子でも、そんなことはしないだろう？」

「俺もそう思ったんですが、事実なんですよ」

「そうよ。わたしがその営業マンと懇意《こんい》になって、酒の席で訊き出したの。人は誰も酔うと口がかるくなるでしょ。あいつも、自慢げに語ってくれたわ」

M工房はうちが進出してから、急速に売り上げが落ち、その営業マンが秘密裏に我が工房を嗅ぎまわり、そして、冴子という浮いている存在を見つけ、ターゲットにした。

そして、冴子をまんまと誘い出し、彼は肉弾接待で新製品の情報を訊き出した。新しく発売される商品の写真を撮ってもらい、スマホで送ってもらったのだという。

「こんなこと言っていいのかわからないけど……お姉さん、ちょっと誘ったら、ホテルについてきたそうよ」

佳奈子が無念そうに言った。

頭がくらくらしてきた。冴子は菱沼と会えなくなり、肉欲を持て余していたのだろう。だから、男の誘いにやすやすと乗ったのだ。

「けっこう、セクシーでいい男だったから……わたしだって、彼に誘われたら、くらっときちゃうかもよ」

まったく、この姉妹はどうなっているのだ？　だから、二人とも離婚したのだ。

憤りを通り越して、唖然とするしかなかった。

と、佳奈子は廉太郎を部屋の片隅に連れていき、耳元で囁いた。

「お姉さん、もしかして、お義兄《にい》さんと野枝さんのこと、知ってるんじゃないの？　だから、それが悔しくて、馬鹿な真似をしたんじゃないかしら？」

「……」

愕然として、言葉も出ない。

そうか、それならあり得る。

そうでもなければ、いくら冴子だって、スパイのような真似は働かないだろう。

「そっちのほう、お義兄さんからお姉さんに言って、やめさせてね。とてもじゃないけど、わたしたちの口からは言えないから。わかった？」

「ああ……」

「それと……お義兄さんにもうひとつ報告があるの。いい知らせよ」

佳奈子は渕上のほうに近づいていった。

（な、何だ？）

佳奈子は渕上の腕に手をからめて、ぴたりと寄り添った。渕上もなぜか照れている。

「わたしたち、いい仲になったの」

「えっ……？」

「だから、できちゃったの。何度も足を運んで、一緒のホテルに泊まったりしていたから……」

唐突ではあるが、納得できないことではない。出発前から、二人はいい雰囲気だった。

「渕上さん、ほんとうなのか？」

「ええ……結婚を前提におつきあいをしていこうと。幸い、佳奈子さんも田舎暮らしが好きで、仕事もここでできるようだし……。私も次男なんで、将来的にはこのへんに家を借りるか作って、一緒にって……」

突然のことで驚いたが、しかし、真面目で頭のいい渕上と、明るく開放的な佳奈子はいいコンビのような気がした。姉さん女房になるが、渕上にはそのほうがいいような気もする。

いくら向こうからせまってきたとはいえ、廉太郎は佳奈子の身体を知っている。だが、佳奈子がこんなあっけらかんと報告してくるのだから、廉太郎のことなど単なるセックスフレンドくらいにしか思っていないのだろう。おそらく、姉の夫とセックスすることに萌えていたのだ。興味本位というやつだ。

廉太郎にとっても、二人が男と女の関係になってくれたのは、むしろ幸いである。

「そうか……よかったじゃないか」

「ありがとう……で、わたしもここを出て、独り暮らしをはじめようと思ってるの。大丈夫よ、この近くに住むから、ネットショップのことは任せて。M工房をとっちめなきゃいけないしね」

佳奈子がここを出て、部屋を借りるのは、もちろん、渕上と心置きなく会い、セックスするためだろう。

「そうか……わかった。うん、渕上さんもよかったじゃないか」

「ええ……私もM工房の件はきっちり白黒つけますから。この村の産業を護るためですから」

「ありがとう。きみには世話になりっぱなしだ」

「いいんですよ。それでは、そろそろ……」

「一緒に行くわ。引っ越す候補の空き家も見ておきたいし」

そう言って、二人は手を取り合って出て行った。

残された廉太郎は、待ち受けているだろう局面を考えて、気持ちが落ち込んだ。


その夜、夫婦の寝室で、廉太郎は冴子と向かい合って座っていた。

ためらっていると、一生話せない気がする。思い切って、切り出した。

「二人から受けた、M工房についての情報は聞いているな」

「ええ……あなたが話してくれたじゃない」

「じつは、まだ言っていないことがあるんだ」

「何？」

ネグリジェを着た冴子が不安そうに眉をひそめた。

「冴子、M工房の営業マンと会ってたんだって？」

「……そんなこと、してないわよ」

「いや、確実な情報だ。営業マン本人から聞いたと言っていた」

「何かの間違いでしょ？　どうして、わたしがライバル工房の人と会わなきゃいけないのよ」

冴子はしらを切るものの、目が泳いでいる。

堂々と居直れるほどの心底からの悪人ではない――ということに、廉太郎はほっとした。

ある意味では冴子はとても正直な女だ。

自分の感情にウソをつけないがゆえに、とんでもないことをしでかすのだ。

「もう、しらを切らなくていい。認めなさい。怒らないから」

冴子が無言で廉太郎を見た。

「それに……こんなことは言いたくはないが、その営業マンと寝たそうだな。その代償として、うちの新作を売った。写真に撮って、送った。そうだな?」

「……あなたがいけないのよ」

「えっ……?」

「あなたがいけない、と言っているの」

冴子が目尻を吊りあげて、ねめつけてきた。

その瞳に、愛情と紙一重の憎悪の感情を見いだして、廉太郎はおののいた。

やはり、知っているのだ。野枝とのことを――。

「そこそこイケメンだけど、あんな気持ち悪い男なんかと寝たくはなかった。抱かれてるときも、嫌悪感だけだったわ。早く、終わってほしいって、それだけ……でも、あなたはわたしの目を盗んで、野枝さんと寝ていた。亭主の浮気に気づかないほどに鈍感じゃないわ」

「そうか、やはりな……」

「やはりな、じゃないわよ。だから、あなたにわたしを責める資格なんかないのよ」

「それはどうかな？」

「どういうことよ」

「お前は、大工の菱沼と寝ていた」

「……違うわ」

「違わない。納屋でしているところをこの目で見たんだ」

「覗き趣味なのね。だったら、そのときに止めればよかったのよ。菱沼を追い出して、わたしから遠ざければよかったじゃないの」

そう言われると、廉太郎は言葉に詰まってしまう。

「えっ……ということは、あれなの。わたしが菱沼と寝ているのを見て、それで自棄《やけ》糞《くそ》になって、野枝さんを抱いたの？」

「……それは違う」

「ふふっ、そうかしら？　いずれにしろ、あなたはうちの職人に手をつけた。そして、女房が浮気をしているのを知っていながら、それを放置して、それをいいことに野枝さんを抱いていたんだわ。あなたこそ、最低じゃないの」

温厚な廉太郎だが、さすがに怒りが込みあげてきた。

「もう、いい！　出ていけ」

冴子を指さして、その指を外に向けた。

「お前は知っているだけでも、二人の男と寝た。しかも、いくら俺が憎いとはいえ、うちの大切な機密を売った。いや、抱いてもらった代償として与えた。恥ずかしい女房だ。きっと、俺は笑われている。菱沼にも、その営業マンにも！　しかも、まったく反省の色が見えない。そんな女房は要らない。出ていってくれ。そして、金輪際《こんりんざい》、うちには近づくな。工房にも、野枝さんにも近づかないでくれ！」

「結局、自分のプライドの問題なのね。もっと、人に真心で接したらどう？　わたしが浮気をしたのも、身体だけの問題じゃないのよ。それなりの理由があるのよ。胸に手をあてて考えてみたら」

「許せない。お前は許せない！」

「わかったわよ。どうなっても知らないわよ」

冴子は捨て台詞《ぜりふ》を残して、部屋を出ていった。

そして、ボストンバッグを手にすぐ戻ってくると、タンスのなかから着るものを取り出して、バッグに詰める。

止めようかとも思った。

しかし、世の中には許していいことと、いけないことがある。

廉太郎は立ちあがって、部屋を出た。

2

冴子が家を出て、一週間が経過していた。

おそらく、冴子は今、留守にしている廉太郎の東京の家にいるのだろう。あるいは、実家に戻っているのか？

一度、ケータイに電話をしたものの、留守電になっていて出ようとしなかった。そんな冴子が気にはなるものの、追いかけて、連れ戻すという気にはならない。

野枝には、すべての事情を明らかにしたほうがいいと考えて、包み隠さずに話した。

野枝は自分が、冴子が出て行った原因のひとつになったことに関して、ひどく落ち込んでいるようだった。

そして、奥さんがいなくて、自分がこの家に寝泊まりするのは問題だから、実家に戻る——とも言った。

それを、廉太郎は必死に止めた。

あの後、佳奈子はすぐに貸家を見つけて、ここを出て行った。

今は渕上と幸せな恋人生活を送っているだろう。

同時に、二人はM工房に働きかけて、妙なバッシングをやめさせ、今は謝罪文の表明をするよう働きかけている。

結局、この家には三人の女性がいたのに、二人がいなくなった。

この上、野枝が実家に戻ったら、この広い古民家に廉太郎がひとりになってしまう。

廉太郎は家事炊事が満足にできない。

だから、必死に野枝に留まってくれるよう頼んだ。

周囲には、用があって冴子は実家に戻っているが、それが終わったら、戻ることになっている。それまで、野枝さんが家事もしてくれるという約束になっている——。

そう話して、体裁《ていさい》を取り繕《つくろ》った。

田舎の噂話ほど怖いものはない。それはおそらく、ネットでの囁き以上の絶大な力を持つ。

どうにかして野枝を説得し、今は二人だけの生活を送っている。

そして、二人切りになって、野枝はあまり語りたがらなかった自分の過去を、ようやく話してくれた。

九州で竹細工制作の修業をしていた野枝が、そこを辞めたのは、自分が一人前になったという以上に、ひとつ大きな理由があった。

そこの頭領は、かつての隼人《はやと》族の血を引いていた。

大昔、南九州に住んでいた隼人族は、竹細工の名手だった。

そして、当時から竹は特別の霊力を持つもので、それを生業とする隼人族は霊力を操ることのできる者と考えられ、大和朝廷が恐れて弾圧したのだという。

竹工房の頭領はすでに六十歳を過ぎていたが、とにかく竹細工師としても超一流であり、迫害された歴史を背負っているのか、奥行きの深い人柄で、同時にどこか人間離れしたところもあって、それに、野枝は惹かれてしまった。

だが、あくまでも相手は師匠であり、その一線は守ってきた。

しかし、辞める半年前に、長年連れ添ってきた妻が亡くなって沈み込んでいる頭領にいっそう深い愛情を覚え、また、亡妻を失くしたその隙間を埋めたかったのか、頭領も野枝を求めてきた。

う。

野枝はそれに応じて、二人は男女の関係になった。

しかし、周囲の目はきつく、野枝はそこにいられなくなって、九州を出たのだとい
ショックだった。

これほどいい女の男遍歴がないわけはないと覚悟をしていたものの、やはり、その師匠との物語には圧倒された。

引け目を感じたのである。

その頭領とは較べたら、自分など——。

「わたし、同じことを繰り返していますね。あのとき、もうこういう過《あやま》ちはしまいと決めたのに……初めて、あなたに抱かれたとき、絶対に拒もうと思いました。でも、ダメでした。わたし、やっぱり、歳の離れたオジサマに弱いみたい。父を早くに亡くしているから、そのせいかもしれません。でも、今、わたしは廉太郎さんを心から愛しています。いろいろ言いましたが、後悔はしていません。それだけは、信じてください」

廉太郎の落ち込みがわかったのだろう、その夜、野枝は自分から寝室に来てくれた。

そして、廉太郎への愛情の証を見せるとばかりに、廉太郎の愛撫に応え、激しく昇

りつめた。

不思議なもので、野枝が今は確実に自分を愛してくれているのだと実感できると、彼女の過去も愛しいものに思えてきた。そういう素晴らしい師匠との経緯があったから、今の野枝があるのだ。

そして、梅雨《つゆ》が終わり、七月に入ったその夜、廉太郎は野枝とともに囲炉裏を前に、夕食を摂っていた。

まだ夜になると涼しいので、囲炉裏には鉄鍋をかけていた。我が家の畑で収穫したばかりの野菜をふんだんに使い、そこに豚肉を入れた豚汁風鍋である。

「美味しいわ」

隣のコーナーに座った野枝が顔をほころばせた。

「ああ、やっぱり、自分で作った野菜は違うね」

「ほんとうですね。すごく甘みがある」

野枝は浴衣《ゆかた》に袢纏《はんてん》をはおっている。

廉太郎も今日は浴衣に羽織という格好である。

こうして二人で囲炉裏を囲んでいると、まるで夫婦のように思えた。

左隣に膝を崩して座った野枝は、髪を後ろでまとめてリボンを結び、まさに新妻のようだ。そして、先ほどから崩した膝の浴衣がはだけて、むっちりとした太腿がちらり、ちらりと見えて、それが、廉太郎の目を愉しませてくれる。

幸せを感じた。

だが同時に、冴子がここにいないことを何となく寂しく感じてしまうのも、事実だった。

(あんな悪妻、好きにすればいいんだ)

廉太郎にはどうしても、冴子がM工房に情報を売ったことが許せないのだ。ひどい女だと思う。なのに、こうしていると、冴子は今どうしているんだろう、などと考えてしまう自分がいて、

(何を考えているんだ。あんな最低の女)

と、自分を叱りつける。

それから、今、考えていることを、野枝に伝えた。

「野枝さん、これからは、ゆっくりやっていこう。竹細工作りもペースを落としてね。で、野枝さんも、これまでのパターン化されたものじゃなくて、自分の好きなものを作ってほしいんだ。野枝さんのオリジナルで、実用性よりも作品性の高いものでもいいと思ってる」

「でも、それだと、収入が減りますよ」

野枝が箸を休めて、言う。

「かまわないさ。もともとスローライフを送りたくてここに移ってきたんだから。今回のM工房のことも、うちがしゃかりきになりすぎたのが原因だと思うんだ。だからゆっくりといいものを作っていこう。野枝さんには、作品と呼べるものを作ってほしい」

「……ありがとうございます。そうおっしゃっていただくと……わたし、ほんとうは作品と呼べるものを作りたかった。もちろん、道具として利用できての上のことですが」

「いいよ、それで……これから、そうしよう。野枝さんに出逢えてよかった。心からそう思うよ。まあ、それも、渕上さんのおかげでもあるがな」

「ふふっ、渕上さん、今頃、どうしているんでしょうね」

「佳奈子さんと一緒だろうな」

佳奈子のことは、渕上とくっついてくれてほんとうによかったと思う。

あとは、冴子だけだが……。

（いいんだ、もうあいつのことは考えないようにしよう。近くにこんな素晴らしい女

性がいるじゃないか）

野枝は取り皿から野菜を口に運び、ほんとうに美味しそうに食べている。酒も入っているから、浴衣の襟元から首すじにかけて、ほんのりと朱に染まっている。リボンで後ろに結わえられた髪がその可憐さをいっそう引き立てていた。時々、見える浴衣からのぞくむっちりとした太腿がたまらなく色っぽい。

「そうだ、もう少しお酒を持ってこよう」

廉太郎が腰を浮かすと、

「わたしが持ってきます」

「いいから」

野枝を制して席を立ち、台所から一升瓶を持ってきた。

それを炉端に置いて、野枝の背後に膝を突き、後ろから浴衣姿を抱きしめた。

「あんっ……ダメですよ。まだ食事中です」

「わかってるよ。野枝さんがあんまりかわいいから我慢できなくなった」

右手を浴衣の襟元からすべり込ませると、ノーブラなのか、じかに乳肌の柔らかな感触が伝わってくる。

「ブラジャーをしていないんだな」

「……」

「いいんだ。そのほうが……」

揉みあげると、柔らかな肉層の重みと弾力を感じる。

そして、頂上の突起を指に挟んで転がすと、

「あっ……！」

ビクンと肢体が撥ねた。

「どんどん敏感になってきた。この先、どうなってしまうんだろうな」

乳首をこねながら、襟足に息を吹きかけ、耳たぶの後ろを舐めた。

「くっ……」

のけぞりながら、野枝は背中を預けてくる。

ゆだねられた女体を抱きとめながら、耳たぶの後ろに舌を這わせて、乳首をこねまわした。と、乳首が見る間に硬くしこってきて、

「あっ……あっ……」

と、野枝が断続的な声をあげた。

廉太郎が左手で浴衣の前身頃《まえみごろ》をはだけようとすると、その手を押さえて、野枝が言った。

「ダメっ……鍋が煮立ってしまうわ。せっかく、うちで作った野菜が入っているんだから」

そう言って、野枝は囲炉裏にかかっている鉄鍋をおろして、鍋敷きに置いた。

「悪かったな。そうか、野枝さんは野菜のこともちゃんと考えられるんだね」

「だって、どうせなら、野菜だって美味しく食べられたいでしょ」

「そうだな……俺もどうせなら、野枝さんを美味しく食べたいよ」

バカなことを言っていると思いつつも、止まらなかった。

野枝の袢纏を脱がして、炉端の長座布団に沿って寝かせる。

仰向けになった野枝は、片方の膝を曲げて横たわっているので、はだけた浴衣から太腿がのぞいて、その悩ましい姿にドキッとする。

たまらなくなって、廉太郎は唇を重ね、そして、右手をおろしていく。浴衣の前身頃をはだけて、太腿の奥へ押し込むと、湿ったものが指に触れた。

「野枝さん、ノーパンだったんだな」

言うと、野枝は両手で顔を覆った。

「俺のために下着をつけないでいてくれたのか？」

野枝が恥ずかしそうにうなずく。

「野枝さん……野枝……」

左手で浴衣の襟元をぐいと開くと、充実した白い乳房が半分ほど顔をのぞかせる。

廉太郎は左手で乳房をつかんで中心をくびりださせ、乳首を舐め転がしながら、右手で太腿の奥をまさぐった。

と、湿地帯の潤みが増して、肉びらがひろがり、粘膜のぬるっとした感触が指にまとわりついてくる。

「ぁああ、いやです……こんなところで……」

「野枝さんがあんまり色っぽいから、だから……」

廉太郎は乳房にしゃぶりついた。

片方の乳首に吸いつき、なかで舌を遊ばせると、

「あっ……あっ……ダメ……ううん……あっ、あっ、あんん」

野枝は鼻にかかった悩ましい声を洩らして、腰をよじりたてる。

それが指から逃れようとしてのことなのか、それとも、もっと擦りつけているのか判然としない。

だが、腰が揺れるたびに、指がねじれた粘膜を攪拌《かくはん》して、潤みがどんどん増してくる。

すぐ傍《そば》では、囲炉裏がまだ燃えていて、炎の温かさとわずかな煙の匂いを感じる。

と、野枝が言った。

「寝室に連れていってください」

「そうか、よし、わかった」

廉太郎は野枝の腋の下と腰に手を添えて、ぐいと持ちあげた。

お姫様抱っこされて、野枝がびっくりしたようにしがみついてくる。

3

寝室の布団に野枝をおろして、枕明かりを点けた。

と、野枝は立ったままの廉太郎の前にしゃがんだ。

そして、浴衣の裾をまくりあげて半帯に留めると、ブリーフの上から肉茎に沿って、ちゅっ、ちゅっとキスを浴びせる。そうしながら、下からすくいあげるように睾丸《こうがん》と肉棹をなぞりあげてくる。

廉太郎はその甲斐甲斐しい奉仕の姿に胸打たれた。

そして、分身は柔らかな手のひらで撫であげられるごとに、怒張していく。

東京ではあれほど不調だったムスコが、今はまるで往時の勢いを取り戻したように元気がいい。

ブリーフの上から舐められる。その布一枚越しの舌の感触が、もどかしいような快感を生む。

ブリーフに唾液が沁《し》み込んで、肉棹の形が透け出てきた。

と、野枝はいったん顔を浮かして、じっと廉太郎を見あげながら、右手で肉棹をさすりあげてくる。その愛情あふれる指づかいと、最近とみに艶かしくなった目付きがこたえられない。

それから、野枝はブリーフをおろして、足先から抜き取っていく。

ぶるんっと転げ出た肉棹は臍に向かっていきりたっていて、廉太郎はそれを誇らしく感じた。

そして、野枝は肉棹をさらに腹に押しつけ、裏のほうを舐めてくる。

根元からツーッと舌を這いあがらせて、また、付け根におりて、舐めあげてくる。

と、次は姿勢を低くして、皺袋にちろちろと舌を走らせる。

（おっ、野枝がこんなことまで……！）

驚いていると、野枝はさらに片手を突いて上を向くような形で睾丸を頬張った。

片方の玉を口腔に吸い込み、そこで、きゅっ、きゅとしごくようにして、なかで舌をからめてくる。

「くうぅぅ……野枝。ありがとうな。気持ちいいよ」

髪を撫でると、野枝は頬張ったまま見あげてきた。なかで舌をからめつつも、その効果を推し量《はか》るように廉太郎をうかがう。小鼻をふくらませたその表情が途轍もなくかわいい。

ちゅるっと吐き出したと思ったら、今度は皺袋を持ちあげて、会陰部を舐めてきた。睾丸からアヌスへの敏感な縫目に舌を走らせ、吸い、甘噛みしてくる。

そして、野枝は蟻《あり》の門渡《とわた》りを刺激しながらも、右手で肉茎を握って、ゆったりとしごいているのだ。

これまで見せたことのない愛撫に、廉太郎は驚き、そして、ここまで尽くしてくれる野枝に深い愛情を感じた。

野枝はまた皺袋から裏筋を舐めあげ、そのまま、上から亀頭部を頬張ってくる。

「くっ……！」

いつも感じることだが、温かい口腔のぬめりに包みこまれる感触は、生きてきてよかったと思わせるほどに甘美なものだった。

野枝は両手を腰にまわして、引き寄せながら、一気に咥え込んできた。

唇が根元まですべり、陰毛に温かい吐息がかかる。

ゆったりと顔を振りはじめた。

ぷにっとした唇が亀頭冠から付け根まで往復し、廉太郎は羽化登仙《うかとうせん》の心境へと押しあげられていく。

と、野枝が顔を傾けたので、亀頭部が頬の内側を擦り、そして、片頬が大きな飴玉でもしゃぶっているようにふくらみ、それがすべり動く。

こんなことも、できたのか……。

「野枝、こっちを見なさい」

言うと、野枝が見あげてくる。

頬を小リスが胡桃《くるみ》を頬張ったようにぷっくりとさせ、自分のその姿に羞恥の表情を見せながらも、決してやめようとはせずに、亀頭部を頬粘膜に擦りつけている。

胸底から強い愛情が迸り、気づいたときは、自分で腰を動かしていた。

先端がなめらかな頬粘膜を擦り、その動きが頬のふくらみの移動でわかる。

そして、野枝は身を任せながらも、潤みきった瞳を向けている。

と、そのときだった。

廊下をバタバタと近づいてくる音がする。

(おかしい。玄関の戸締りはしたはずだが……)

動きを止めたとき、雪見障子がすごい勢いで開け放たれた。

ハッとして見ると、冴子がそこにいた。

余所《よそ》行きのワンピース姿で廊下に立った冴子が、目を素早く動かして、吐き捨てるように言った。

「帰ってきてあげたら、これだものね」

野枝が目を丸くして、後退した。

廉太郎はまさか、冴子がいきなり戻ってくるとは思っていなかったので、茫然自失してしまった。

「つづければいいわ」

「えっ……?」

廉太郎は、冴子の言葉に耳を疑った。

「わたしにかまわずに、つづけなさいと言っているの。わたしも帰ってくると決断したときから、野枝さんのことは頭に入っているわ」

そう言って、冴子はワンピースを脱ぎはじめた。

後ろのファスナーをおろして、萌葱《もえぎ》色のワンピースをおろした。

なかには、黒の下着をつけていた。

「おい……どういうつもりだ？」

「だから、言ったでしょ。帰ってくると決めたときに、三人でするしかないと……それ以外、わたしたちが上手くやっていける方法があって？」

冴子はさらに、黒のブラジャーとパンティも脱ぎ、生まれたままの姿になって近づいてくる。

「おい……？」

「あなたはいいでしょ？　美女二人とできるんだから。そうでしょ、本心を言いなさいよ」

「………」

「隠し事ができない人ね。そうだって顔に書いてあるわ。あなたはいいのよ。問題は野枝さんのほうよ、ねえ？」

冴子は野枝の背後にまわって、後ろから浴衣姿を抱きしめた。

野枝が固まって、身体を護る。

「野枝さん、あなたはステキな人よ。仕事は一生懸命やるし、何事にも労を厭わない。

わたしみたいに、好きなことしかしないお嬢様とは出来が違うもの」

耳元で囁きながら、冴子は浴衣の襟元から右手をすべり込ませた。

「あんっ……」

と、野枝が前屈みになって、胸を覆う。

いさいかまわず、胸を揉みしだきながら、冴子がつづけた。

「でも、考えてみなさい。やっていることは、ただの泥棒猫よね。わたしから夫を略奪して、その妻が家を出ても、平然として夫と住んでいる。そういうのを鈍感な恥知らずというのよ」

ぐいと乳房を揉み込まれて、野枝は「うっ」と呻き、

「すみません……おっしゃるとおりです。でも、わたしは……」

「わたしは何？　言ってごらん」

「わたしは……廉太郎さんに恩を感じています。わたしはこの人に救われました。ほんとうなんです。いろいろなことがあって、わたしは指針を失っていました。どう生きていいのかわからなかった。でも、ここに来て、生きる道が見つかりました。やはり、竹細工の道を進もうと……それも、廉太郎さんがわたしを温かく見守ってくれたからなんです。だから、この人のためなら、何でもしようと……」

「そんなきれいごとは沢山よ。聞きたいのは、あなたがこの人に心底惚れているかどうかだけ。どうなの？」

「……好きです。大好きです」

「いいとこどりで、何かあったら、出ていこうと思ってるんじゃないでしょうね」

「そんなことはしません」

「だったら、その証を立てなさいよ」

冴子は後ろから浴衣の襟元に手をかけて、開きながら、ぐいと押しさげた。

浴衣がもろ肌脱ぎの状態になり、野枝の両腕がさがってきた浴衣で拘束された。

そして、まろびでてきた形のいい乳房を、冴子は両側から鷲づかみにして、荒々しく揉みしだいた。

「やめて……ください……」

「やめないわよ。あなたもほんとうに廉太郎さんが好きなら、このくらいのことは我慢なさい。だって、わたしはこの人の妻なのよ。それをわかっていてあなたは抱かれたんだから、このくらいの覚悟はできてるでしょ」

冴子は憎しみがこもっているような手付きで、左右の乳房を揉みしだき、頂上を指でこねる。

廉太郎は動けなかった。

やめろ、と止めるべきだろうか？　しかし、廉太郎は冴子の気迫に押されていた。いや、それ以上に、女同士の愛撫に魂を抜かれていたのだ。

二つの女体が行灯風枕明かりに妖しく浮かびあがっている。

そして、細く長い指がたわわな乳房にまとわりつき、せりだした赤い乳首を女ならではの繊細な指づかいで、転がしている。

「あああ、やめて……やめてください……」

「煩《うるさ》いわねぇ。いい加減、カマトトぶるのはやめなさい。あなたは今、性に目覚めて、ちょうど感じやすい時期なのよ。最初は廉太郎さんへの感謝の気持ちがあったかもしれない。でも、今はおチンチンが恋しくてならないのよ。廉太郎のおチンチンがなくては、もう暮らせないのよ。そういう身体になってしまったの」

野枝は無言でうつむいて、唇を噛みしめている。

「チャンスじゃない。この時期に三人でしたら、きっと新しい世界がひろがるわ。あなたは今、そういう時期なのよ。何でも受け入れることができる。たとえ、相手が女でも……」

冴子は野枝を後ろに倒し、前にまわって、上から野枝を見おろした。

「かわいい子……食べちゃいたいわ」

甘く囁いて、前髪をかきあげてやり、額にちゅっ、ちゅっとキスをする。

野枝は両腕を自分の浴衣で拘束される形で動けない。それをいいことに、冴子はキスをおろしながら、片方の膝で野枝の両太腿を割った。

浴衣の前がはだけて、むっちりとした太腿があらわになり、そこに、全裸の女体が覆いかぶさっている。

冴子は野枝の顔を両側から挟み付けるようにして、唇を奪った。

足をジタバタして抵抗を示していた野枝の、動きが少しずつ弱くなり、そして、ついには動きが止まった。

冴子は膝で下腹部を巧みに擦りあげながら、舌を差し込んでいた。

半開きになった唇の奥へと冴子の舌が入り込んでさかんに動いている。

冴子の手があらわになった乳房をつかみ、やわやわと揉みはじめた。

胸を揉まれて一瞬抗った野枝だったが、すぐに、身体から力が抜けていった。

(ああ、感じているんだな)

そう思った途端に、冴子があらわれてから萎《な》えていた廉太郎のイチモツが、ふたたび力を漲らせてきた。

いつにない充溢を感じる。触れてみると、そこは焼けた鉄心のようにカチカチにいきりたっていた。

「いいのよ、素直になって。感じてきたんでしょ？　わかっているわ。身体に従いなさい。抑えないで」

言い聞かせて、冴子は乳房に顔を埋めた。

乳首に舌を走らせ、吸い、転がす。

そうしながら、もう片方の乳房も揉みしだいている。

冴子が咥えていた乳首をしごくように吐き出した瞬間、

「うあっ……！」

野枝が初めて声をあげた。そして、それを境に野枝の喘ぎは止まらなくなった。

「ぁああ、ぁああ……」

と、顎をせりあげ、仄白い喉元をさらしながら、顔を横に振る。

冴子が乳首をきゅっと甘噛みすると、

「くっ……！　ぁああ、ぁあああ……いいの」

とうとう悦びの声をあげた。

(何てことをしてるんだ、何てことを……)

廉太郎はこらえきれなくなって、いきりたっているものを握ってしごいた。もっと見たくなって、二人に近づいた。膝を突いて覗き込み、肉柱をきゅっ、きゅっと擦りあげる。

すると、下半身が蕩けていくような快美感が込みあげてきて、頭までぼぅとしてくる。

と、冴子が野枝の帯を解いて、浴衣をいったんおろし、そして、身体から外した。

生まれたままに剝かれた野枝が、恥ずかしそうに胸を隠し、太腿をよじった。

冴子が下半身のほうにまわり、膝をつかんでひろげ、黒い翳りの底に顔を一気に埋め込んだ。

「ひぃうっ……」

野枝が両手で頭を突き放そうとし、同時に太腿で顔を挟み付けた。

だが、冴子は踏ん張って、執拗《しつよう》に股間に舌を這わせている。

「あっ……あっ……ダメっ……はうぅぅぅ」

野枝の太腿がゆるみ、野枝はその両膝を手で開かせて、シーツに押さえつけた。

足が菱形を形成して、その頂点に漆黒の翳りと女の肉花が、しどけなく口を開いていた。

そこはしとどに濡れ、行燈風枕明かりを受けて、ぬぬぬめと淫靡に光っている。

冴子が陰毛の底に顔を埋めた。

女の濡れた舌が、女の割れ目をなぞり、上方の肉芽を弾き、

「あっ……！」

野枝が一瞬身体をこわばらせた。

それから、冴子の顔が触れている下腹部が何かを求めるようにせりあがりだした。

「ぁああ、ぁああ……あうぅぅぅ」

自分の口から恥ずかしい喘ぎ声が洩れるのを抑えようとして、野枝が手の甲を噛んだ。

それでも、冴子が舌をつかうたびに、びくん、びくんと肢体を震わせ、腰をしどけなく振りあげる。

廉太郎のイチモツからはすでに先走りの粘液が噴きこぼれ、しごくたびにネチッ、ネチッと恥ずかしい音がする。

冴子が廉太郎を見て、言った。

「あなた、それを咥えさせてあげて」

4

「いや、しかし……」

「わからないの。この子はそうしたほうがうれしいのよ、感じるの。責苦を与えるほどに成長して、ひとまわり大きくなっていくの。そういう子なの。かわいいからと言って、表面だけで人を見ないで」

それでも、廉太郎は不安で訊いた。

「野枝、咥えてもらえるか？」

すると、野枝は小さくうなずいた。

「そうか……」

廉太郎が顔の横に膝を突いて、いきりたちを差し出すと、野枝はそれを握って、ゆったりとしごいた。

「ああ、気持ちいいよ」

言うと、野枝ははにかむ。と、その顔からふっと表情がなくなり、目を閉じて、

「あああぁぁぁ」

と、顎を突きあげた。

冴子が、左右の太腿を抱えあげるように股間に顔を埋め、さかんに顔を縦に振っていた。

「気持ちいいのか？」

訊くと、野枝は「はい」と羞恥に満ちた声で答えた。

「悪いが、咥えてくれ」

肉棹を近づけると、横を向いた野枝が口を開けた。

そこに、いきりたちを慎重に押し込んでいく。野枝はいっぱいにそれを頬張り、唇を締めつけてくる。

野枝が自分から動こうとするのだが、姿勢のためかあまり動けない。

廉太郎は腰を振って、硬直を送り込んでいく。

根っこのような血管の浮かぶ肉の柱がずりゅっ、ずりゅっと唇を犯し、行き来して、野枝はすべっていく肉茎に懸命に唇をからめてくる。

「大丈夫か？」

野枝は咥えたまま目でうなずく。

それから、目を閉じて、眉根を寄せる。それは苦痛ではなく、快楽の表情であることが、廉太郎にもわかりはじめた。

「冴子にアソコを舐められて、気持ちいいのか？」

そう訊くことが、野枝への責めにもなっていた。

と、野枝はこくこくとうなずいて、それから、

「んんっ……んんっ……んっ……んっ……」

唇と肉棒の隙間からくぐもってはいるが凄艶な呻き声を洩らして、時々、びくん、びくんと肢体を震わせる。

廉太郎はその嗜虐的な表情の移り変わりに見とれながら、腰を大きく打ち振って、喉まで切っ先を届かせる。

「ぐふっ……ぐふっ……」

野枝が噎《む》せて、口角から唾液の泡が噴き出す。

廉太郎も加速度的に自分が昂ってくるのがわかる。

愛してやまない女なのに、悪妻の妻と一緒に責めて、それで頭が痺れるほどに昂奮してしまうのだ。

と、野枝の下腹部が、もっととせがむようにせりあがった。

たまらなくなって、廉太郎は分身を咥えさせながら、乳房を揉みしだいた。

今やカチカチになっている乳首を指に挟んで、こよりを作るように転がすと、

「んんんっ……」

ひときわ高い呻きとともに、野枝は身悶えをする。

「……いやらしいぞ。冴子の言うように、野枝の身体は淫乱になった。どんな愛撫にも反応するな」

言葉でなぶって、乳首をくにくにとこねると、下腹部がいっそう激しく打ち振られて、たまらずに冴子が顔をあげた。

「ほんとうに淫らな子だわ。欲しくてたまらないのよ、あなたのチンポが。そうよね？」

野枝がそうです、とばかりにうなずいた。

「いいわよ、あなた、してあげなさいよ……大丈夫よ、嫉妬はしないから」

「そうか……」

冴子が離れて、廉太郎は野枝の膝をすくいあげた。

漆黒の陰毛が流れ込むあたりに、オイルをまぶしたような女の媚肉《びにく》が、男根をせがむようにうっすらと花開いている。

廉太郎はそこめがけて、イチモツを叩き込んだ。

「ぁぁぁ……」

野枝が両手をあげて、仄白い喉元をさらした。

廉太郎は夢中になって腰をつかいながら訊いた。

「いいのか、野枝。いいのか？」

「はい……気持ちいい。いいの、いいの……あんっ、あんっ、あんっ……野枝をメチャクチャにして。すべてを忘れさせて」

「よし、忘れさせてやる。いいんだ、気持ち良くなって……バカになれ。バカになろう」

自分は上体をかぶせて、腕立て伏せの形で、いきりたちをつづけざまに打ち込んだ。

「あん、あんっ、あんっ……」

野枝は何かを頭から追い出そうとでもするように、甲高い声を高ぶらせて、両手でシーツを握りしめる。

と、その姿を見ていた冴子が、後ろから廉太郎の背中にまとわりついてきた。

「ああん、このいやらしい腰づかい……たまらないわ。冴子にもちょうだいよ」

右手を伸ばして、廉太郎の尻の間を触ってくる。

妙な感じである。

野枝に肉棹を打ち据えるたびに、アヌスと会陰部、さらに、接合部にも指の感触がある。

「ふふっ、あなたのチンポが野枝さんのオマ×コにずぶずぶ埋まっているのがわかるわよ。野枝さん、いっぱいに濡らして。ぬるぬるしたのが肛門まで垂れてきてるわ。ああん、いやらしい女だわ」

冴子の指が結合部分を這いまわる。おそらく、野枝の女陰にも触れているのだろう。野枝の喘ぎ声に羞恥の色が混ざった。

それから、冴子の身体がふっと離れた。次の瞬間、アヌスになめらかな肉片がぬるっと這うのを感じた。

冴子はアヌスを舐めているのだ。

おそらく、その舌は野枝の陰部にも達しているだろう。

肛門を舐められながら、女に打ち込むのは奇妙な感覚であり、それが、また廉太郎の劣情をかりたてた。

「野枝さん、まだイカない？」

冴子は顔を離して言い、前にまわった。

廉太郎が上体を立てると、冴子は乳房にしゃぶりついた。

片側の乳房を揉みしだきながら、突起に舌を走らせる。乳首を乳暈ごとくびりだしておいて、尖った乳首を舌で撥ねる。そうしながら、もう片方の乳首も指でこねまわしている。

と、野枝の様子が切羽詰まってきた。

「ぁああ、ぁああ、いいの、いい……あっ、あっ、ぁあんん」

廉太郎が打ち込むたびに、野枝は全身を揺らして、両手でシーツを掻きむしる。

「イキそうなんだな？」

「はい……イクわ。野枝、イッちゃう！」

「わかったでしょ。野枝さんは、二人がかりで責められて気を遣《や》る女なのよ。ほんとうは大好きなの、セックスが。きっと、竹細工を作りながら、あなたにやられるところを想像して、オマ×コを濡らしているわ。そうでしょ？」

「……はい。はい……廉太郎さんのアソコを時々見ては、想像しています。それがわたしに入ってくるところを」

「そうら、ようやく本性をあらわしたわね。イキなさい。このまま気を遣って、恥をさらすのよ」

そう言って、冴子はまた乳首をしゃぶる。

廉太郎も極限まで昂っていた。

膝をすくいあげた姿勢で深いところにつづけて打ち込むと、まったりとした肉襞が緊縮力を増して、

「あう、あう、あうぅぅ……ぁあぁ、イク……イキます」

「そうら、イキなさい」

暗示をかけるように言って、渾身の力を込めて叩き込んだ。

「あんっ、あんっ、あんっ……イク、イキます……やぁあああぁぁぁぁぁぁぁぁぁぁ、くっ！」

野枝は最後は生臭く呻いて、のけぞりかえった。

そのまま、ビクン、ビクビクッと肢体を痙攣させていたが、やがて、ぱったりと動かなくなった。

「イッたわ、この子……」

冴子が身体を起こして、廉太郎を見た。

「あなた、まだ出してないみたいね。そうでしょ？」

「ああ……」

「うれしいわ。わたしのために取っておいてくれたのね。そうよね、正妻なんだから

当然よね」

冴子は廉太郎を押し倒して、馬乗りになった。

廉太郎の腹部に陰部を擦りつけて、「ぁああ、ぁああ」と喘いだ。

やはり、そこはぐっしょりと濡れていて、下腹部が離れても、接していた部分がぬらぬらと光っている。

冴子は蹲踞の姿勢で下半身にまたがると、いきりたちを指でつかんだ。

腰を落としながら体内に招き入れて、

「ぁああ、いい……ずっと、これが欲しかったの。ほんとうよ」

「だけど、お前は大きいのがいいんじゃないのか？」

「バカね。あんなのは一時的なものよ。やっぱり、適度な大きさがいいの。ウソじゃないわよ」

待ちきれないとばかりに、自分から腰を振りはじめた。

肉壺はまったりとして熟れた果実のように柔らかくジューシーで、適度な包容力で肉棹を包みこんでくる。

「ぁああ……ぴったりよ。やはり、あなたのが一番だわ。ああん、たまらない。ぁああ、ぁああ……」

ぐいぐいと腰を鋭角に振り立てていた冴子が、言った。

「ああん、ウソみたい。どうしたの、わたし？　もう、イッちゃう。あん、あんっ、あんっ……イクわ、イクぅ……くっ！」

冴子は上体を真っ直ぐに立て、顔を後ろにやって、がくん、がくんと痙攣した。気を遣ったのだ。

おそらく、野枝との合体シーンを見ていて、昂っていたのだろう。冴子がこんなに早く昇りつめるのは初めてだ。

だが、早いだけにエクスタシーは浅かったようで、すぐに目を開けて、いったん結合を解き、のろのろとした動作で布団に這った。

「野枝さん、あなたも這いなさい。わたしの隣で……早く！」

叱咤《しった》されて、野枝が恥ずかしそうに、冴子のすぐ隣に四つん這いになった。

「何をされるか、わかるわよね。この人に一緒に嵌めてもらうの。廉太郎さん、野枝さんからでいいから」

廉太郎はこくっと生唾を呑んだ。

二輪車は男の夢である。だが、金で片をつけない限り、現実生活でそれをするのは難しい。とくに、深い人間的繋がりがあるほど、困難は増す。

だが、それを今、自分はしようとしている。しかも、相手は正妻と若い恋人である。こんなことを他人に知られたら、どう思われるだろう。

だが、他人がどう思おうとかまわない。むしろ、そういう他人、つまり、社会を頭から追い出すためにセックスをするのだから。

廉太郎は野枝の尻を引き寄せて、腰を進めた。

一度オルガスムに達した膣は、敏感に肉棹に反応して、きゅっ、きゅっと締めつけながら、奥へ奥へと手繰り寄せるような動きを示す。

「おおう……野枝、たまらんよ」

ゆっくり腰をつかうと、隣の冴子が尻をもどかしそうに揺らして、

「ああ、冴子にも指をちょうだい」

と、せがんでくる。

熱く滾《たぎ》った野枝の膣をぐんっ、ぐんっと突きながら、右手で冴子の体内を攪拌した。

さらに指づかいにピストン運動を加えながら、同じリズムで野枝の肉路を怒張でうがった。

「あああ……ぁああ……いい。廉太郎さん、いいのよぉ。いいのよぉ……」

野枝は肘を突いて上体を低くし、腰だけを高々と持ちあげる姿勢で、陶酔しきった

声をあげる。そして、冴子も、

「ぁああ、いいの……いいのよ……ああん、いやらしい音がする。聞こえる？　聞こえる？」

「ああ、聞こえるよ。お前から、いやらしい音が聞こえる」

「ああ、廉太郎さん。突いて！　野枝を突き殺して！」

「よおし、野枝……突き殺してやる」

廉太郎はしゃかりきになって、硬直で刺し貫いた。

「ぁああ、イク……また、イッちゃう。どうして？　どうしてよぉ」

野枝がシーツを鷲づかみにした。

「廉太郎、その前にわたしにちょうだい。廉太郎！」

冴子が叫んで、廉太郎を怖い目で見た。

相手は正妻である。

廉太郎はとっさに抜いて、野枝の愛蜜で汚れたものを冴子の体内に打ち込んだ。

「あんっ……ぁああ、入ってるわ。ステキよ。あなたのステキよ。ぴったりとくるの。あなたのチンポが気持ちいいのよ……あんっ、あんっ、あんっ……」

廉太郎が射精しかけたそのとき、野枝が言った。

「ああん、出さないで。野枝にちょうだい。野枝のなかに出して」

野枝が必死に訴えてくる。

ああ、やはり、野枝も女なんだな……精子を欲しがる——。

「悪いな、野枝……もう持ちそうにない。野枝も一緒にフィニッシュするぞ。指をおチンチンだと思ってくれ」

廉太郎は手指を二本、野枝の体内にねじり込んだ。

内部はとろとろに蕩けていた。そして、二本指でさえ窮屈で、粘膜がきゅっ、きゅっと締めつけてくる。

「そうら、気持ちいいか、野枝？」

「はい……気持ちいい……ああ、ぁああ、ああん、そこ……そこよ……ぁああうぅうぅう」

蜜がしぶくほどに激しく指で抜き差ししながら、同時に腰を躍らせる。

二人も、そして、廉太郎も切羽詰まってきた。

「あんっ、あんっ、あんっ……廉太郎、今よ、冴子をメチャクチャにして！」

「ぁああ、ぁああ……いいの、いい……イッちゃう。廉太郎さん、野枝、イクわ」

二人のさしせまった声に背中を押されて、廉太郎は無我夢中で腰と手を律動させた。

息が苦しい。だが、下腹部から甘い疼きがどんどんひろがってきて、射精できそうな予感がある。

「冴子、野枝……イクぞ。出すぞ」

「ああ、ちょうだい」

「イキます。野枝もイキます」

「そうら、イケぇぇぇ……」

体と手を一体化して猛烈に押し込んだとき、二人がほぼ同時に絶頂を極めたのだろう、凄艶な声をあげて、のけぞりかえった。

「イケぇぇぇぇ……」

駄目押しとばかりに打ち据えたとき、廉太郎にも至福が訪れた。

ツーンとした射精の戦慄が下腹部から背筋を通り、脳天にまで達し、迸る快美感が押し寄せてくる。

ブシュッ……ブシュッ……。

間欠泉のように起こる放出が、廉太郎を桃源郷へと導いた。

すべてを打ち尽くして、廉太郎はからっぽになり、どっと布団に倒れ込んだ。

その夜、二つの布団を寄せてひとつにして、廉太郎は真ん中に、右隣には冴子が、左隣には野枝が横たわって眠った。

三人とも裸であった。

そして、川の字になっている。

廉太郎はなかなか寝つけなかった。

隣の女たちはすでにすやすやと寝息を立てているというのに、なぜか廉太郎だけは眠れないのだ。

ぼんやりと天井板の木目を眺めながら、これからのことを考える。

三人で住むことはできる。

そして、三人でのセックスに関して言えば、きっとこれからも様々な愉しみが待ち受けているだろう。

しかし、ちょっとでも三人のバランスが崩れれば、そこで破綻《はたん》をきたすのは目に見えている。

だが、言い出したら聞かない冴子の決めたことだ。それに、お互いの不倫を知ってしまった今となっては、それしか方法はないように思える。

体が金縛りにあったように動かない。

左右の女から見えない蜘蛛《くも》の糸が伸びていて、雁字搦《がんじがら》めにされているような気がする。

だが、実際にはそんなものはないのだから、要は心の持ち方次第だ。

廉太郎が胸に手を置いて仰臥していると、左隣の野枝が廉太郎のほうを向いて横臥して、身を寄せてきた。

ハッとしてどうしようか迷っていると、今度は右隣の冴子が同じように横臥して、身体をすり寄せてくる。

(仕方がないな……)

廉太郎はおずおずと両腕を伸ばして、双方に腕枕をする。

二人は居心地良さそうに腕に頭を預け、幸せそうに寝息を立てている。

二つのたわわな乳房を感じて、廉太郎はドギマギしながらも、どちらにも手が出せなくて、身じろぎひとつせずに、天井を眺めていた。

(了)

※本書は二〇一五年二月に刊行された竹書房ラブロマン文庫『古民家で戯れて』の新装版です。

＊本作品はフィクションです。作品内に登場する人名、地名、団体名等は実在のものとは関係ありません。

長編小説

古《こ》民《みん》家《か》で戯《たわむ》れて <新装版>

霧《きり》原《はら》一《かず》輝《き》

2023年5月29日　初版第一刷発行

ブックデザイン……………………… 橋元浩明(sowhat.Inc.)

発行人………………………………………… 後藤明信
発行所………………………………… 株式会社竹書房
〒102-0075　東京都千代田区三番町8－1
三番町東急ビル6F
email：info@takeshobo.co.jp
http://www.takeshobo.co.jp
印刷・製本……………………… 中央精版印刷株式会社
